もう無理して私に笑いかけなくてもいいですよ？

もう無理して
私に笑いかけ
なくても
いいですよ？
ルネス・マッケンロー
エリーゼの専属護衛騎士。
真面目で、腕の立つ美形の剣士。
お洒落にも女性にも興味がなく、
エリーゼが一番大事。
エリーゼ・ラクスライン
本作の主人公。元来は好奇心旺盛、
素直で明るい性格。
オズワルドとの婚約中に
自信を失っていくが、
とあるきっかけから段々と
自分らしさを取り戻していき——？
登場人物紹介
Characters

オズワルド・ゴーガン
エリーゼの婚約者。
家族から愛されすぎた結果、
自己中心的な性格に
なってしまった。
爵位が上のエリーゼに
コンプレックスがある。
ラウロ・カリス
公爵家の四男。
傲慢で下位の者を
すぐに見下す。
キャナリー・クルルス
ケヴィンの妹。
庇護欲をそそる、
愛らしい見た目。
オズワルドと仲良くなる。
ケヴィン・クルルス
キャナリーの兄。
オズワルドと学園で同学年。
ポーカーフェイスで
感情を表に出さない。

プロローグ

「あれはパッとしない女だから」

バルコニー越しに聞こえた言葉に、エリーゼはハッと息を呑む。

声を出さないよう慌てて口を押さえ、ふらつきそうになる足にぐっと力を入れる。

そうっと、そうっと、ヒールの音を立てないように注意深く後退った。

聞いてはいけない、違う、これは彼じゃない、オズワルドに似た声のほかの誰かだと、自分に言い聞かせながら。

けれど、隣のバルコニーでグラス片手に語らう男性たちは、そんなエリーゼの気持ちなどお構いなしに会話を続ける。

「無口でつまらない」とか「爵位だけが取り柄」とか「地味女」とか。

オズワルドにそっくりな声の彼は、婚約者の女性をおとしめ続ける。

一緒にいる友人らしき人はやんわりと彼をたしなめるけれど、それがかえって気に障るのか、言葉はますます激しくなっていく。

あと数歩下がればバルコニーから出て会場に戻れるのに。

そうしたらもう、彼に似た声を聞かなくて済むのに。

まるで、最後まで聞けと告げるかのように、足はそこで止まってしまう。

そのとき、隣のバルコニーからタンッ、と何かを叩きつけたような音がした。

「もうやめろ、君の婚約者は立派な淑女じゃないか。しかも君は婿入りする身だろ？　そんなことを言える立場じゃないだろうが」

「今日は来てないから大丈夫だよ。せっかく誘ってやったのに、用事があるとか言って断りやがった。あんなパッとしない女、オレだって別に連れ歩きたくもないのにさ。はあ、なんであんなのと婚約しちまったんだろ」

オズワルドにそっくりな声の彼はさらに言葉を続ける。

「無理してあの女に笑いかけるのももう限界だよ」

「いい加減にしろよ、オズワルド！　いくらなんでもひどすぎ……」

その先は聞いていない。

さっきまで縫いつけられたように動かなかったのが嘘みたいに、エリーゼは早足で会場の出口へ向かったから。

第一章　ずっと、ずっと無理してた

「お嬢さま？」

会場の外、馬車停めの近くに立っていた騎士服の男が、足音に反応して振り返る。

後ろでひとつにまとめた黒髪が揺れて、ふわりと弧を描く。白地に紺色の刺繍《ししゅう》が入った騎士服が恐ろしいほど似合っている美丈夫は、エリーゼの専属護衛ルネスだ。

ルネス・マッケンロー。代々ラクスライン公爵家に仕えてきたマッケンロー伯爵家の嫡男で、エリーゼより六つ年上の二十四歳である彼は、公爵令嬢であり、次代の女公爵となるエリーゼの専属護衛騎士だ。ふたりの主従関係はかれこれ十三年になる。

会場から足早に出てきたエリーゼの姿を認めたルネスは、淡い緑色の目を大きく見開き、戸惑いがちに言葉を続ける。

「お嬢さま、どうされましたか？　もしかして、オズワルド令息とお会いできなかったのですか？」

怪訝な表情でルネスが問う。いつもはエリーゼを優しげに見つめる淡い緑が、心配そうに揺れている。

無理もない、エリーゼがこの馬車を降りてルネスと別れたのはつい半刻ほど前なのだ。いくら遅れて夜会に参加したからといって、終了する時間はまだまだ先。戻ってくるには早すぎる。

「……今日はもう帰るわ。この夜会に参加しようと予定を無理して調整したせいか、少し気分が悪くなってしまったの」

一瞬、ルネスは何か言いたげに口を開きかけたが、エリーゼの顔色の悪さに言葉を呑みこみ、うなずいた。

馬車の扉を開いて、エリーゼの乗車を補助したのち、御者に短く出発の指示を出す。それから護衛として馬車と並走すべく、さっと愛馬に跨った。

エリーゼを乗せた馬車は、ガタンと大きく一度揺れ、それからゆっくりと走り始める。

少しずつ、少しずつ、馬車の速度が上がっていく。

灯りに照らし出された夜の風景が、窓の外でどんどん速さを増して流れていく。エリーゼはそれをただぼんやりと見ていた。

そう、ぼんやりと。流れていく風景と、決して流れないまま、窓にうっすら映り続ける『地味な』自分の姿を。

髪飾りのひとつも着けず、老婦人のようにきっちりまとめた薄紫色の髪。

おしろいを軽く叩いただけの顔。唇に紅もささず、瞼になんの色も乗せず、淡い水色の瞳は白い肌に埋没して目立たない。淡色だらけで全体的にぼやけた印象の娘が、レース飾りのひとつもない、紺色のシンプルなドレスに身を包んでそこにいる。

その通りね、とエリーゼは思う。

美しく着飾った夫人や令嬢たちと比べたら、ずいぶん見劣りするだろう。十八歳の乙女とは思えないほど地味で、華やかさの欠片もない。それがエリーゼだ。

「夜会なんて、無理して行かなければよかったわ……」

窓から見える変わりゆく景色に向かって、いや、パッとしない地味な自分に向かって、エリーゼはぽつりとつぶやいた。


エリーゼ・ラクスラインは、エヴァンゲル王国の筆頭公爵家、ラクスライン家のひとり娘である。母ラウエルは、第一子エリーゼを産んだあとに体調を崩した。数年後に回復したものの、次の子を産むのは難しいと医師が判断し、結果、エリーゼは早々に公爵家の後継者になることが決定する。

エヴァンゲル王国では女性の継承権が認められており、女性当主の存在はそう珍しくはない。

エリーゼは五歳で後継者教育を開始し、十二歳のときに婚約者が決まった。

それが、オズワルドだった。

オズワルド・ゴーガン。

ゴーガン侯爵家の三男で、家格のバランスが取れ、同じ派閥に属しており、同じ年の子がいるという理由で結ばれた、あまり政略結婚らしくない縁組だった。

彼の父とエリーゼの父が学生時代の友人関係にあるが、互いの領地はそれなりに離れており、卒業後は社交シーズンに王都の夜会で顔を合わせる程度で、家族ぐるみで交流する程の仲ではない。となれば、子どものエリーゼとオズワルドに交流の機会などあるはずもなく、婚約時の顔合わせがふたりの初対面となったのである。

『きれいな髪の色だね』

花が咲き誇る美しい庭で楽しく語らいを、と大人たちが提案し、顔合わせの場はラクスライン公爵家の庭となった。

オズワルドはふわりと風に揺れるエリーゼの薄紫色の髪を見て、そう言って目を細めた。

婚約者になるという男の子との顔合わせのために、精一杯のおしゃれをしていたエリーゼは、オズワルドの言葉にほんのりと頬を赤らめる。

柔らかな薄紫色の髪はハーフアップにして編みこまれ、真っ白のレースのリボンを結んだ。ドレスは、エリーゼの瞳の色と同じ水色で、ウエストのリボンは鮮やかな青色。ドレスの裾と袖口には、リボンと同色の青の刺繍《ししゅう》が施され、さながら水の妖精のような可憐な装いであった。

使用人たちは可愛いと言ってくれたが、今日初めて会う婚約者はどうだろうか。そんな不安が、オズワルドのひと言でするすると解けていく。

『……ありがとう。あなたの銀色の髪も、とてもきれいだわ』

エリーゼは褒められてうれしくて、でも恥ずかしくて、ついうつむいてしまった。だが、勇気を出して、か細い声でそう答えた。

お世辞などではない。銀髪銀眼のオズワルドは中性的な容姿のほっそりとした美少年で、フリルがたっぷりついた白のドレスシャツに薄いグレーのショート丈トラウザーズを着た姿は、まるで絵本の王子さまのように見えたし、彼の銀色の髪は日の光を受けてキラキラと輝いていたのだ。

エリーゼは胸がドキドキして、そのあともなかなかうまく会話が続けられず、ふたりの間には何度も静寂が落ちてしまう。

だが、オズワルドが気にする様子はなかった。珍しそうに庭のあちこちに目をやっては、気ままに歩き回り、時にあれこれとエリーゼに質問したりする。それに答える形で、途切れ途切れの会話がなんとか成立していた。

『ラクスラインって筆頭公爵家なんだよね。すごいな、ボクも公爵家の婿にふさわしい人になるように頑張らないと』

別れ際、オズワルドは少し緊張した面持ちでそう言うと、エリーゼに手を差し出す。

その手に、エリーゼがおずおずと自分の手を乗せると、オズワルドはきゅっと握りこんで『よろしくね』と笑った。

このときのオズワルドの笑顔が、くれた言葉が、エリーゼをずっと奮い立たせてきた。

オズワルドがエリーゼの婿になるために頑張ると言うのなら、エリーゼもまたオズワルドの妻になるために頑張ろう。そう思って、厳しい後継者教育にいっそう身を入れた。

愛していると、愛されていると、そう信じていたから。

——でも。

夜会のバルコニーで漏れ聞こえた言葉が、頭の中で何度も何度も蘇る。

『爵位だけが取り柄の女』

『なんであんなのと婚約しちまったんだろ』

『無理してあの女に笑いかけるのももう限界』

エリーゼは、きつく手を握りこむ。オズワルドが、そんなに自分との婚約を嫌がっていたなんて知らなかった。

「ふふ、私ったら、勘違いしていたのね。バカみたいだわ……」

窓に映りこむもうひとりのエリーゼの姿は、移り変わる景色と違い、窓に貼りついたままそこに留まり続ける。

まるで、エリーゼに現実を思い知らせるかのようだ。

まったくもってオズワルドは正しい。

彼の言ったことは間違っていない。

エリーゼは地味で、パッとしなくて、無口で、誰の目にも留まらない、つまらない女だ。

でも、と思う。

「そうあるよう私に望んだのは、オズワルド、あなただったのに……」

そう、今のエリーゼを形作ったのは、まぎれもなくオズワルドなのだ。

十四歳のとき、婚約者の交流で久しぶりに再会したエリーゼに、オズワルドは言った。

『公爵令嬢の君の前だと、なんだか気後れしてしまうな。ボクはしがない侯爵家の三男だから』

きっと、あれが始まりだった。

『君の横にいるボクなんか、みんなには霞んで見えるのだろうね』

『オレより公爵令嬢の君の言葉のほうを聞くに決まってるよ』

『そのドレス、少し派手すぎないか？　化粧も濃すぎるよ。もっと控えめにしてくれ』

『お前の髪色は派手で目立つから、ひとつにまとめておけよ』

『黙って後ろに控えてくれ。それとも、オレでは頼りなくて任せられないとでも言いたいのか？』

『ああ、そのパーティーは欠席だ。オレが行かないのに、お前が行く必要はないだろう』

筆頭公爵家のひとり娘だから、みんなはエリーゼを褒めたてる。オレは侯爵家の三男だから、エリーゼと比べられて下に見られる。だから苦しい、辛い、配慮してほしい、少しでいいから立ててくれ、そう言われ、エリーゼは自分が前に出ず、オズワルドの価値を上げる努力をした。

だが、オズワルドの悩みは終わらず、要望は果てしなく、どんどん細かくなっていく。

それでもエリーゼは、オズワルドの希望に沿うよう頑張った。頑張って、頑張って、頑張り続けた。エリーゼのために頑張ると約束してくれた、あの日のオズワルドを守りたかった、喜ばせたかった、失望されたくなかった。

だから、いつだって彼の望みを最優先にし、すべて彼の言う通りにした。

おしゃれも、友だち作りも、お出かけも、夜会やお茶会、流行《はや》りのドレスやアクセサリーも、オズワルドが眉をひそめれば諦めたのだ。

（……ううん、全部ではないわ。そうよ、一度だけオズワルドの願いを断ったじゃない）

専属騎士の姿をエリーゼは思い浮かべる。

あれはいつだったか。そう、エリーゼとオズワルドが婚約して数年経った頃。

エリーゼの護衛騎士のメンバーから、ルネスを外せとオズワルドが言ってきたのだ。よりによって、エリーゼが最も信頼するルネスを名指しして。

エリーゼの護衛は交代要員を含めて五名いるが、専属として正式に定められているのは、その中でルネス・マッケンローただひとりだ。これは、ラクスライン公爵とエリーゼの、ルネスに対する信頼度の高さが関係する。

もともとは公爵の命令で、当時十一歳のルネスが、五歳のエリーゼの従者兼護衛候補になった。後継者教育が始まって間もない頃で、厳しい勉強の反動なのか、エリーゼは我儘を言って周りを振り回す言動が見られていた。

従者兼護衛候補という立場には、そんなエリーゼの気持ちをまぎらわせる役目もあったのだろう。そして、ルネスを選んだ公爵の慧眼は正しかった。

幼いエリーゼは、父親が連れてきた年上の凛々しい少年にすぐ懐き、雛鳥《ひなどり》よろしくルネスのあとを追いかけるようになる。ルネスはルネスで、かまって遊んでと足に絡まるエリーゼを、面倒がることもなく笑顔で甲斐甲斐しく世話をした。

そして間もなく、エリーゼの我儘はすとんと収まり、厳しい後継者教育に進んで取り組むようになったのである。

幼女から少女へ、そして淑女へと成長していくエリーゼのかたわらで、ルネスも少年から青年へと変わっていく。

その過程でルネスの立場は従者兼護衛候補から専属護衛騎士へ変化し、やがて公爵家私設騎士団の白の制服がよく似合う、エリーゼが最も信頼する騎士となる。

その信頼厚いルネスを、オズワルドはエリーゼの護衛から外せと言い出したのだ。顔が気に入らないという、とてもくだらない理由で。

『別に護衛なんか誰でもいいだろ？』

まるでお茶のお代わりを頼むような軽い口調で言われ、エリーゼは即座に嫌ですと答える。

拒否など予想だにしていなかったのだろう。オズワルドは、むっと眉をひそめ、低い声で問い返す。

『……なんだと？　今、なんて言った？　嫌だって言ったのか？』

咎めるような視線。オズワルドの指がトントンと椅子の肘置きを叩き始める。

あからさまに不機嫌を表すその仕草に、エリーゼの胃のあたりがきゅっと痛む。

きっとオズワルドは、エリーゼが謝ってルネスを専属から外すと言い出すのを待っている。エリーゼがオズワルドの言う通りにする、それがこのふたりの普通だからだ。でも、これは。

『……ルネスは、お父さまが直々に選んで私の専属に任命した騎士です』

エリーゼはうなずかなかった。

今までにない展開に、オズワルドの目がきりりと吊り上がる。

『オレが外せと言ってるんだ。なぜ婚約者に配慮しない？』

『……もし、もし、どうしてもルネスを外せと言うのなら、まずお父さまに話を通す必要があります。もちろん理由を聞かれるでしょう。先ほどの言葉を伝えればいいでしょうか。お父さまが納得しない限りルネスを専属から外す許可は下りないと思いますが、それでも言いに行ったほうがいいですか？』

『……はっ、さすが筆頭公爵家は違うな。たかが侯爵家のオレの言うことなんか聞いてられないという訳か。わかった、もういい』

エリーゼの父に話が行くのが嫌だったのか、ただ面倒になっただけなのか、オズワルドはあっさりと前言撤回し、その件は二度と蒸し返さなかった。

このときだけだ。六年の婚約期間中、エリーゼがオズワルドの要求を断ったのはこの一度きり。

それ以外は、すべて求められるたびに譲ってきた。未来の夫であるオズワルドを喜ばせる、ただそのために。

エリーゼはオズワルドが好きで、オズワルドもエリーゼが好き。

そう信じていたからこそ、我慢していた。

けれど違ったのだ。

そもそも、エリーゼは好かれてさえいなかった。

だから、オズワルドはあんな――

『無理してあの女に笑いかけるのももう……』

もう忘れてしまいたいのに、夜会で聞こえた彼の声が何度も何度も勝手に頭の中で繰り返される。

エリーゼはふるふると頭を横に振るが効果はない。

そのとき、ガタン、と大きく馬車が揺れ、速度が落ち始める。

ラクスライン公爵邸――正確には王都にある公爵家所有のタウンハウス――に到着したのだ。

完全に馬車が止まると、扉が開き、手を差し出される。

そこに立っていたのは馬から下りたルネスだ。手を借りて、ゆっくりと馬車のステップを降りたエリーゼは、エントランスに集まった使用人たちに視線を向けた。

予想外に早い、というか早すぎるエリーゼの帰りに、出迎えた使用人たちは戸惑いを隠せない。何かあったのかと、みな気遣わしげな視線を向けている。

その中のひとり、彼らの先頭に立っていた執事長マシューに、エリーゼは声をかけた。

「マシュー、お父さまにお話ししたいことがあるの。お時間を取ってもらえないか聞いてきてくれるかしら？　できるだけ早くとお願いしてくれるとうれしいわ」

「かしこまりました」

それからエリーゼは少し早足で自室に向かう。これから着替えをして、父アリウスの時間が取れ次第、オズワルドとの婚約について相談するつもりだ。

（本当は、部屋に閉じこもって泣きたい気分だけど……）

なんの前触れもなくオズワルドの本音を知ってしまったエリーゼの動揺は大きく、けれど頭の中の一部はどこか冷静。ぐちゃぐちゃな気分なのに、まずは動けと自分にささやきかけてくる。

（そうよ、まだ泣いてはダメ）

気を昂らせてはいけない、泣くのは今ではない。父との話を終え、自室に戻ってからよ、とエリーゼは自分に言い聞かせる。

階段の踊り場で足を止め、気持ちを落ち着かせるように、エリーゼはゆっくりと息を吸って吐く。

そんなエリーゼの少し後ろを無言で付き従うのはルネスだ。彼もまたエリーゼに合わせ、足を止めている。薄い緑の眼に、心配と気遣いの色を濃く滲ませながら。

着替えを終える頃に侍女が来た。父アリウスは、エリーゼがマシューに頼んだ伝言を聞いてすぐに時間を作ってくれたようだ。執務室に来るように、との言葉にエリーゼはすっと背筋を伸ばし、気持ちを整える。

執務室の扉の前に立ち、何回か深呼吸をしてノックをする。中から「入れ」とアリウスの声がした。

「話があると聞いたが」

執務机の上に積まれた手紙や書類を端に寄せ、顔の前で手を組むアリウスは、紺色の瞳をきらりと光らせエリーゼに話を促す。

社交シーズン以外は領地にいるアリウスは、王都滞在中は特に忙しく過ごす。議会や夜会や茶会への出席、仕事にまつわる他貴族との会合など、王都ならではの所用で予定は常に満杯だ。

さらに用事を増やしてしまうことを申し訳ないと思いつつ、エリーゼはソファに腰を下ろし、まず時間を取ってくれたことをアリウスに感謝する。そのあと、すぐに本題——オズワルドとの婚約解消の願いを口にした。

「婚約解消とは……本気か？」

娘のオズワルドへの恋情をよく知るアリウスは、当然ながらひどく驚き、顎《あご》に手を当て、何やら考え始めた。

訪れた沈黙に、エリーゼは心の中を不安でいっぱいにしながら返答を待つ。

だがようやく口を開いたアリウスは、意外なことにあっさりとエリーゼの婚約解消の願いを了承した。

「い、いいのですか？」

「いいも何も、エリーゼ、お前が嫌だと言ったんだろう」

「それはそうですけど……」

「もともと、この婚約に絡んだ事業や提携はない。ちょうどケスラーの息子が条件に合っていたから結んだだけの婚約だ。まあ、お前がずいぶんと惚れこんでるから、このまま結婚までいくかと思ってはいたが」

エリーゼはその言葉に、父はオズワルドの本心を察していたと気づいた。エリーゼがオズワルドを慕っていたからずっと静観していたのだ。

「……婚姻までもう二年もないというのに申し訳ありません」

「ずっと我儘を言わずに頑張っていたお前が嫌だと言ったんだ。それに、オズワルドの態度もアレだったしな。お前がもういいと言うのなら、いいんじゃないか。ケスラーも最初は騒ぐだろうが、当人同士が願っているとわかればうなずくしかないだろう」

アリウスの言葉を聞いていると、エリーゼは自分の盲愛に恥ずかしさしか感じない。

（私って、本当にオズワルドしか見えていなかったのね……）

心の中で身もだえするエリーゼをよそに、アリウスは執務机の引き出しから紙を一枚取り出した。

「ちょうどと言ってはなんだが、今は社交シーズンでケスラーたちも王都に来ている。話が決まれば、すぐに手続きに入れるだろう」

そう言ってゴーガン侯爵家への書状を書き始めたアリウスは、ふと思い出したように、そう言えばと口を開く。

「今日は、若い貴族を主体にした夜会だったな。帰ってきて急に婚約解消を言い出すとは……もしかして、そこで何かあったのか？」

エリーゼの肩がピクリと揺れる。だが平静を装い、答える。

「……いえ、別にそういう訳ではありません。今になって、やっと現実に気がついただけです」

前からはアリウスの圧を、背後からはルネスの視線を感じるが、エリーゼは知らぬふりを貫く。

夜会でのことを報告しようかと思いはしたが、よくよく考えてみればなんの証拠もない話である。

バルコニー越しに漏れ聞こえた会話、遠目に複数見えた黒い人影。

顔も確認できていなければ、ほかに誰がいたのかもわからない。

立ち去る直前にオズワルドという名前だけは聞いたけれど、その『オズワルド』がエリーゼの婚約者のオズワルド・ゴーガンだと証明できるものは何もない。

たとえそのオズワルドなる人物の声が、エリーゼの知る彼のそれとそっくりだったとしても、確実な証拠として提示できる部分はひとつもないのだ。

（だからこそ、お父さまの説得に時間がかかると覚悟していたのに、こんなにあっさりお許しが出るなんて……）

アリウスが書き終えた書状を封筒に入れる。あとは送るだけだ。

「この件が無事に片づいたら、お前の新しい婚約者を見つけねばな。心配ない、すぐ見つかるさ」

「……だといいのですけれど」

（私なんかでいいと言ってくれる方など、いるのかしら）

オズワルドによって数年かけて傷つけられたエリーゼの自尊心は、今日の夜会の出来事で底の底まで落とされた。

そんなエリーゼが、親の欲目満載の言葉を素直に受け取れるはずもない。

だが、アリウスはその態度を違うふうに捉えたようで、机の上で組んだ両手に顎《あご》を乗せ、ニヤリと笑う。

「どうした？　身近にもっといい男がいるとやっと気づいたか？」

「……はい？」

唐突な質問に、エリーゼはきょとんと目を丸くする。

まったく心当たりがないと見て取れるその反応に、アリウスは「なんだ、違うのか」と苦笑する。

なんの話かと問えば、アリウスは意味ありげな眼差しを、エリーゼの背後に立つルネスへ向けた。

「そうだな、たとえば、ルネスとかいいんじゃないか？」

「……ルネス？」

言われた意味がわからず、エリーゼは首をかしげる。それから一拍遅れて、その意味を理解して。

はっと後ろを振り返れば、ルネスも察したのだろう、顔を赤くしている。

「お、お父さまったら、突然何を……っ」

(私なんかを押しつけられたら、ルネスがかわいそうだわ。だって、ルネスは……)

これは説明しておかないといけない。焦るエリーゼは、慌てて口を開く。

「お父さま、ルネスを困らせるようなことを言ってはいけません。ルネスには想い人がいるのです」

「お嬢さま!?」

背後からルネスの大きな声が聞こえ、エリーゼはハッと口を押さえる。

「ご、ごめんなさい、ルネス。このままでは、あなたに迷惑をかけてしまうと思って、つい……」

「い、いえ。俺は大丈夫ですけど、想い人というのは、その……」

「ほう？　ルネス、お前には好きな女性がいるのか？　知らなかったぞ」

真っ赤な顔でエリーゼに何か言いかけたルネスだが、アリウスに問われ、ハッと姿勢を正す。

「は……いえ、その……はい。おります」

「そうか。二十四になるのにまだ婚約者もおらんから、私はてっきりお前にそういう相手はいないのかと思っていたよ。好きな相手がいるなら、どうして婚約しない？」

興味津々に尋ねるアリウスに、ルネスは依然として顔を赤くしたまま、それでも姿勢を正して答える。

「それはその……いろいろありまして。嫡男として、いつかは身を固めるつもりでおりますが」

「そうなのか。いや、立ち入ったことを聞いてすまなかった。お前になら安心してエリーゼを任せられると思ったら、つい先走ってしまった」

ルネスはわずかに瞳を揺らし、そっと視線を落とす。

「光栄なことでございます。……ですが、俺はマッケンロー家の嫡男。もとよりお嬢さまの婿になる条件から外れております」

「それは別に……いや、お前にその気がないのなら、こんな話をしても意味がないな。さっきの話は忘れてくれ」

「……承知しました」

「まあ、どちらにせよ、この件が無事に終わってからの話だしな」

そこで父とルネスの会話は終わり、ふたりは執務室を出る。そしてエリーゼはすぐルネスに自分の軽挙を謝罪する。

「想い人のことを話してしまってごめんなさい。お父さまがルネスに私を押しつける気だとわかったら、慌ててしまって……」

ほかに想う人がいても、仕える主君《アリウス》から縁談を持ちだされてしまったら、ルネスは断りたくても断れなくなってしまう。ルネスの気持ちを知っているエリーゼは、それだけは避けたかった。

というのも、エリーゼは十六歳のとき、ルネスに関するとある噂を耳にして、彼に恋人の有無を尋ねたことがある。

そのときに聞いたのだ、彼には想い人がいると。

寂しげに微笑むルネスから、その人への想いの強さをひしひしと感じた。以来エリーゼは、ルネスの叶わぬ恋を密かに応援している。

――応援と言っても、ルネスの恋が何かの拍子で実ったらいいなと、こっそり願う程度だが。

だから、エリーゼのせいでルネスの恋を強制的に終わらせるような事態は絶対に避けたかった。

エリーゼの謝罪に、ルネスは困ったように眉を下げ、ぽりぽりと指で頬を掻く。

「あ～……まあ、だいぶ動揺しましたが、迷惑ではありません。だから気にしないでください」

「でも……」

「俺のことはいいのです。それよりお嬢さまですよ。大丈夫ですか？　無理をされてはいませんか？」

「え？」

ルネスの問いに、エリーゼは首をかしげる。

「無理って……もしかして婚約解消のことを言っているの？」

「反対する訳ではありません。あの男はいつも求めるばかりで、お嬢さまに何も返そうとしない奴でしたから。でも、それでも一途にあの男を想って頑張っていたお嬢さまが急に婚約解消などと口にされたのですから、心配になります。しかも今日の夜会に出席されたあと、突然」

「それは……」

いたたまれず、エリーゼはルネスから視線を逸らす。

「……言ったでしょう？　目が覚めたの、現実に気がついただけよ」

「それならいいのです。俺は、お嬢さまがあまりにお辛そうなので。もしかして、本意でないのに婚約解消を口にしたのではないかと」

「だから無理をしてるのかと聞いたの？」

ルネスが真剣な顔でうなずくのを見て、エリーゼは申し訳なくなる。

（ルネスは昔から私の心配ばかりしてたわね）

五歳からずっとエリーゼが無理や無茶をするたび、心配して止めに入るのはいつもルネス。勉強に根を詰めすぎたり本に没頭しすぎたりしていると休憩を提案し、ヴァイオリンの練習のしすぎで手首を痛めたときはほどほどにと叱り、調べものに夢中で食事を忘れたときは無理やり止めて食べさせた。子どもの頃から心配ばかりかけていた。

それは今も変わらないまま、こうしてエリーゼを心配して、大丈夫かと聞いてくれる。

（無理していると思うのも当然よね。ルネスは夜会で起きたことを知らないのだもの）

これまでずっとエリーゼはオズワルドのためにと努力する中で、自分の価値を見つけてきた。彼が喜ぶだろうか、認めてくれるだろうかと、そんなことばかりを基準にして。

そして、そんなエリーゼを誰よりも近くで見ていたのが、ルネスなのだ。

（……でも、あそこまで言われたら、さすがに目が覚めたわ）

——いっそ、ルネスには夜会でのことを話してしまおうか。

ふと、そんな考えが過る。証拠のない、ただ偶然に立ち聞きしただけの話だけれど、ルネスになら話してもいいかもしれない。

夜も更け、あとは湯浴みをして眠るだけという時間帯。

専属護衛だとしても、この時間に部屋に入れるのはよろしくない。ほかに話してもいいと思える人物がいない以上、誰かに同伴を頼む気にはなれない。

（そうだわ、庭……）

屋内がよろしくないのならば、屋外だ。公爵邸の敷地は広く、散歩コースはいくつもある。

「ルネス。気分転換に、少し庭を歩いてから部屋に戻るわ」

屋敷に近く、周囲からも程よく安全が確認でき、でも会話は聞こえない場所。

頭の中に浮かんだ候補の中から、季節の花々が両側に植えられた石畳の小路を、エリーゼは選んだ。

夜の公爵邸の庭は、壁や木の枝などに取りつけられた小さな灯りがぼんやりと周囲を照らし出し、幻想的な光景を作り出している。

昼間の華やかさとは打って変わった静謐な空気の中をしばらく進む。そして小路の中ほどで、エリーゼはおもむろに足を止めた。

気づいて同じく足を止めたルネスを見上げれば、淡い緑色の目が灯りに照らされ、かすかにきらめいている。いつも優しいルネスの目が、今日はとりわけ美しく見えるのは、幻想的な夜の庭のせいだろうか。

「あのね、ルネス」

（きっとルネスなら信じてくれる）

エリーゼは散々心の中で嘆いたことを、ぽつぽつと言葉にしていく。

「……オズワルドは、私のことがとても嫌いみたいなの。無理して笑いかけるのももう限界なんですって。夜会でそう言っているのを、偶然、隣のバルコニーから聞いてしまったわ」

気持ちが昂りそうになるのを抑え、なるべく感情的にならないように気をつけながら、夜会での出来事を語る。

「……証拠がないから、このことをお父さまに言わなかったの。だって、オズワルドの顔も姿も見ていないもの。その場にほかに誰がいたかもわからないわ。でも、たしかに彼の声で、一緒にいた人もオズワルドと呼んでいた。もちろん、同じ名の貴族男性ははほかにも何人かいらっしゃるけれど、あの声は私の婚約者だと思うの」

ルネスはずっと無言で耳を傾けてくれている。心配をかけたくなくて、エリーゼは、ふふ、と笑ってみせた。

「でも、決定的な言葉を聞けてよかったわ。正直、彼のお願いは年々増えていくばかりで、私ちょっと疲れていたの。それに、窮屈だとも思ってた。ずっと、愛し愛されていると信じていたから頑張れてた。バカみたいよね、本当は嫌がられていたのに……」

「お嬢さま……」

どうやらうまく笑えていなかったらしい。灯りに照らされ、陰影のできたルネスの顔は苦しげに歪んでいる。

ああ、やっぱり心配をかけてしまった。

辛いからとペラペラ話して、ルネスに辛い顔をさせてしまった、そう思うと、エリーゼの胸は余計に情けなさが募る。

「変な話を聞かせてごめんなさい、そろそろ部屋に――」

戻りましょうと続く言葉は、そこで途切れる。ルネスが突然ひざまずいたからだ。

「お嬢さま」

ルネスはエリーゼをまっすぐに見上げる。

「バカみたいなどと、ご自分を卑下なさらないでください」

「ルネス……？」

「お嬢さまがあの男の願いに応えていたのは、それだけ真剣に相手を想っていた証拠です。だから、お嬢さまの努力を卑下も否定もなさらないで。むしろ胸を張ってください」

「胸を、張って……？」

「ええ」

「そんな……だって」

恥ずかしいと、情けないと思っていた。父に相談に行ったあとでさえ胸の中にあるのは、少しの解放感と安堵と失恋の痛み、残りは自分の不甲斐なさを責める気持ちばかり。

どうして気づかなかったの？　もっとちゃんとやれたのではないかしら？　六年前の約束をずっと信じていたなんて、どれだけ愚かなのとそんなことばかりで。

（でも、ルネスは違うと言ってくれるの……？）

ルネスの心遣いをうれしく思うも、それでもエリーゼは迷ってしまう。脳裏に浮かぶのは、帰りの馬車の中で窓に映っていた自分。

（私なんかが胸を張っていいの……？　地味でパッとしない、つまらない女の私が……？）

「お嬢さまは頑張りました」

ルネスは、まるでエリーゼの心を読んだかのように言う。

「我慢して、ずっと頑張っておられました」

「……でも」

「お嬢さまほど、婚約者のために努力する令嬢はいません。このルネスが保証します」

「……本当に？」

「本当ですとも。それとも、お嬢さまは私を信じられませんか？」

「そんなこと……っ」

エリーゼは何度も小さく首を横に振る。ルネスを信じられないなんて、そんなことはありえない。

だってルネスは、エリーゼの絶対の味方だから。

（私、頑張ったと思っていいの……？）

ずっと我慢していた涙が、ついにエリーゼの眼からぽろりとこぼれ落ちる。

それまでひざまずいてエリーゼを見上げていたルネスは立ち上がると、エリーゼの頭を優しく撫でた。そんなことをされては、エリーゼの涙はいよいよ止まらない。

「う……ふぇ……っ」

ぽろぽろ、ぽろぽろ、きれいな透明の雫がエリーゼの服を濡らしていく。

夜会でオズワルドの本音を偶然に耳にしたときからずっと悲しかった。声を上げて、思いきり泣いてしまいたかった。

だって。

婚約してからの六年がまったく無意味な時間だったと、よりにもよってその時間を捧げた相手に突きつけられてしまったのだから。

(でも……)

——お嬢さまは頑張りました——

そう、エリーゼは頑張った。頑張ったけれどダメだった。

でも無駄ではなかった。ちゃんと見てくれている人がここにいた。

それなら後悔するのも、悩むのも、自分を責めるのも、蔑むのも、もうやめていいのかもしれないと、そう思えた。すぐに変わるのは難しいかもしれないけれど。

涙腺が決壊したエリーゼは涙が止まらず、しばらくの間、わんわんと泣き続けた。

結果、目元は赤く腫れ上がってひどいことになってしまったけれど、散々泣いたおかげか、気持ちは驚くほどすっきりしている。

「……ルネス、ありがとう。あなたがいてくれてよかったわ」

「……光栄です」

泣いている間中、ずっとエリーゼの頭を撫でてくれたルネスは、穏やかな眼差しを向ける。

エリーゼは鼻をすん、とすすってから、世界で一番信頼する自身の騎士を見上げ、これから先の決意を口にする。

「私……次に婚約する人とは、もっとちゃんとお話しするわ。努力を怠るつもりはないけれど、できないこと、嫌なことは我慢しないで、ちゃんと伝えられるようになりたいと思うの」

そうですね、ルネスはどこか寂しげな笑みを浮かべる。

「ぜひとも、そうなさってください」

「ええ」

あとは婚約解消についてゴーガン侯爵家と話し合うだけ。なんなら、次の相手について考えるくらいには気持ちの余裕ができていた。

――そう。エリーゼのことが気に入らないオズワルドなのだから、きっとすぐに婚約解消に合意して、話は終わると、そう思って安心していたのに。


翌日の午後。

「嫌です、オレはエリーゼを愛してる。婚約解消なんか絶対にしません！」

アリウスの手紙を受け取ったゴーガン侯爵夫妻は、オズワルドと一緒にラクスライン公爵家にやってきた。そして、喜んで応じるどころか、オズワルドはエリーゼへの愛を叫んで全力で婚約の解消を拒否したのである。

「エリーゼちゃん、オズワルドは素直になれなかっただけなの。本当はエリーゼちゃんが大好きなのに、照れて変な態度を取ってしまったのよ」

「息子がいやな思いをさせたみたいで、本当に悪かった。でも、こういうのは男にはよくあるんだよ。好きな子に素直になれず、意地悪をしてしまう。私たちも注意はしていたんだが、なかなか自分の気持ちに正直になるのは難しかったみたいでね」

当然ながら、ゴーガン侯爵夫妻は息子オズワルドの味方である。

「今は本人もこの通り、深く反省している。だから、愚息に機会を与えてやってはくれないか」

「お願いよ、エリーゼちゃん」

オズワルドに悪気はなかった、広い心で許してほしい、どうか関係の再構築を、とゴーガン侯爵夫妻は頭を下げる。何度も何度も、ぺこぺこと。

もちろん夫妻だけではない。彼らの横で、あのオズワルドまで「頼む」と頭を下げているのだ。

(……訳がわからないわ)

エリーゼは理解が追いつかず、困惑する。

だって、オズワルドの本音を知っている。

たった昨日のことだ。今も耳にあの声が残っている。

あれは間違いなく、オズワルドの声だった。

たしかに婚約を嫌がっていた。地味でつまらないと蔑んでいた。なのに、今、目の前にいるオズワルドは夜会のときと同じ声で、愛してる、婚約解消などしないと喚いている。

(どうしてそんな白々しい嘘をつくの?)

当惑しているのはエリーゼだけではない。エリーゼの父、アリウスもだ。

ゴーガン侯爵夫妻が婚約解消に難色を示すであろうとは予測していた。だが、少なくともオズワルドは同意すると思っていたのだ。

オズワルドはエリーゼを好いているようには見えなかったから。

それでも、エリーゼがオズワルドに想いを寄せているのを知っていたからこそ、黙っていたのだ。

だが、ついにエリーゼがオズワルドを見限り、もう愚行を大目に見る必要はなくなった。

今日で縁が切れると内心で喜んでいたのに、オズワルドがふざけたことを言い出した。

アリウスは、さてどうしたものかと思案する。

この婚約に、政略的もしくは財政的な要素はほぼない。ラクスライン公爵家のほうが格上だから、一方的に終わらせることもできなくはない。

だが、相手側が反省し、関係の再構築を懇願する中で、機会を与えずに婚約解消に進むのは、同じ派閥にいる者として政治的に望ましくない対応である。それに、いずれ女公爵となるエリーゼの評判に関わってしまう可能性も高い。

「……ふむ」

思考を重ねたあと、アリウスは口を開いた。

「そちらの言い分はわかった。では婚約解消を一旦保留としよう」

(保留……)

その結論に、エリーゼは衝撃を受ける。

まさかオズワルドが拒否するとは思いもしなかったエリーゼは、もうすでに婚約を解消した気になっていたのだ。思わぬ展開に見通しの甘さを痛感する。

「エリーゼ。今まであまりかまってやれなくて悪かった。これからは頻繁に会いに来るから、婚約者らしく過ごそうな」

別れ際、オズワルドはやけに力強い声で、そんなことを言って帰ったのであった。


そして翌日。

オズワルドは早速、関係を再構築するための交流と称して、エリーゼのタウンハウスにやってきた。そして、門前で叫んだ。

「エリーゼ！　こいつらに門を開けるように言ってくれ！」

これをエリーゼは断った。文字通り門前払いだ。

婚約解消が成らなかった腹いせとか、関係の再構築の提案を嫌がっているとか、そんな感情的な理由ではない。

いや、まったくないとは言わないが、どちらかというとこれは、理性的に判断した結果の門前払いである。

というのも、オズワルドはいつものように、先触れなしにタウンハウスに突撃してきたから。

（私が『訪問の前には先触れを寄越してください』って言ったとき、オズワルドったらものすごくびっくりしていたわね）

たった今、門前で騒いでいたオズワルドにマナー違反を指摘して、自室に戻ってきたエリーゼはため息をつく。

実はこれで本日のため息は五度目である。

先触れとは、貴族家の訪問に際し、予定日および予定時間を前もって相手に知らせる行為で、貴族のマナーとしては基本中の基本。

そして、先触れなしの訪問は、相手を尊重する意思がないと伝えているのも同然で、大変失礼な行為なのだ。もちろん、緊急時や互いに先触れなしの訪問を許すほど親密な――たとえば家族とかの――間柄という例外もある。

だが一般的に、婚約者は将来、家族になる可能性はあるものの、この『親密』のくくりに含まれない。

実際、エリーゼがオズワルドに会うときは、いつも必ず先触れを出している。そう、必ず。

だが、オズワルドからとなると、これがないのだ。領地にいたときの交流はともかくふたりが王都に出てからは一度も。

オズワルドが先触れのマナーを知らない、というオチも考えられるが、他家への訪問時、彼はきちんと相手に先触れを出している。

つまり、知っていてあえて、『エリーゼならやらなくてもかまわない』とオズワルドは判断したことになる。

そして今さらだが、そんな無礼な行為を、昨日までのエリーゼは許していたのだ。

いきなりやってきても予定を調整して受け入れる。オズワルドにとってそれはずっと普通で、当たり前のことだった。

オズワルドの心に、優越感、満足感、万能感、油断、自信、傲慢《ごうまん》、自己過信、これらのどれがあったのか、エリーゼにはわからない。

ただ、オズワルドはこれからも――昨日あんな話し合いがあったにもかかわらず――今までのようにすんなりと、先触れなしの訪問が受け入れられると信じていたことだけは間違いない。

だから、門まで出てきたエリーゼに向かって、堂々とあんなことを言えたのだろう。エリーゼの顔に呆れがありありと滲んでいることにも気づかずに。

(昨日、婚約解消の話が出たのに、保留になったらもう忘れたのかしら。どうして今まで通りでいいと思えるの?)

ソファに座ったエリーゼは、お茶を手に先ほどの光景を思い出し、ふと遠い目になる。

納得しないオズワルドは、しばらく門前で騒ぎ続けた。慣れない「いいえ」を突きつけたせいか、エリーゼの胸は今もドキドキと早鐘を打っている。

だが、決別への一歩は踏み出せたと思う。

ゴーガン侯爵家側がどう捉えたかはわからないが、エリーゼとしてはもうオズワルドに見切りをつけている。関係の再構築などするつもりはない。

今度こそ婚約解消を成立させるのだ。残念ながら、今あるのは決意だけで、具体的な方法はまだ何も思いついてないけれど。

（……とりあえず、我慢するのはやめましょう）

もうオズワルドに遠慮しない。気を遣って譲ることもしない。

オズワルドのために自分を下げるのも、できないフリも、わからないフリもしない。

（そうしたら、怒ってボロを出すのではないかしら）

両親の前ではエリーゼを愛しているなどと主張していたオズワルドだが、夜会で聞いた言葉こそが本音。

地味なエリーゼを嫌い、結婚どころか笑いかけるのも無理と言っていた。

何を思って、あんな大嘘をついてまで婚約解消を拒否したかはわからないが、オズワルドはずっと演技していられるほど器用な性格ではない。

（今度こそ、きっちり婚約解消に持っていけるようにしないと）

エリーゼは改めてそう強く思ったのだった。


しかし、そんな決意を嘲笑うかのように、数日後、彼から手紙が届いた。先触れなしの訪問をした謝罪か、それとも次の訪問の先触れか、と思いながら便箋を開く。

〈いいカフェがあると友人から聞いた。明日、馬車で迎えに行くからデートしよう〉

エリーゼは、しげしげとその文面を眺めてしまう。

領地にいた頃は別として、王都に出てからというもの、オズワルドから手紙をもらったことは一度もない。実に三年ぶりの手紙である。

さらに、デートなんて誘われたのはこれが初めてだ。

(改心アピールかしら。今さらそんなことをされても、反応に困るのだけれど)

婚約継続の意思のないエリーゼにとって、再構築のためのデートなど意味をなさない。このデートの誘いを断るつもりだ。

だが、そのことをルネスに話すと、彼はしばし思案したあとにこう言った。

「会わない、話さない、とあの男を拒否しても、婚約解消にはつながらないかもしれません。むしろ、そのまま時間切れで結婚に至ってしまう恐れがあります」

それからルネスは、例の夜会で見聞きしたことを父アリウスに報告するよう勧めた。

「たしかに、提示できる証拠はございません。ですが」

アリウスにエリーゼの心証をきちんと理解してもらう必要があり、そのうえで婚約解消に持っていくための助言を乞うほうが早道であると指摘する。

「婚約が解消されないまま、当初の予定通りにあの男と結婚することになってもよいのですか。ひとりよりふたり、ふたりより三人のほうが知恵もできることも増えます。特に旦那さまは、公爵家当主として最終的な決定権を持たれるお方、完全な味方になってくださるなら、これ以上心強いことはありません」

ルネスの言葉に、エリーゼはなるほど、と納得する。たしかに前の話し合いのときには、父を完全な味方にできていなかったから、保留という微妙なところに収まってしまった。ひとりで抱えこもうとするのは、エリーゼの悪いクセだ。

そろそろ社交シーズンも終わりに差しかかっている。あと一、二週間もすれば両親は領地に帰ってしまうだろう。

その前に話せることはすべて話し、可能なら協力を取りつけたほうがいいというルネスの提案に従って、エリーゼは父に再び時間を取ってもらった。

夜会での出来事を打ち明けると、父からカミナリを落とされた。

「夜会では何もなかったと言ってたじゃないか！」

アリウスは聞かされた話に衝撃を受けていた。だが、話の内容そのものに、というよりも、エリーゼが夜会の話をまずルネスに打ち明けたことが、父親として少しばかりショックのようだ。

「どうして父に真っ先に頼ってくれないんだ……」

そんなぼやきが、アリウスの口から漏れる。だが、幼い頃にルネスをエリーゼの側付きにあてがったのはアリウスである。

だが、目の前でしおしおと打ちひしがれる父を見ていると、すぐに相談に行かなかったことをとても申し訳なく思った。

「ごめんなさい、証拠になるものがないから、婚約解消の交渉には使えないと思ったのです……」

「……まあいいさ。それに、お前の考えはあながち間違ってはいない」

アリウスは顎《あご》に手を当て、少し思案したのちに続けた。

「逆に、下手にその話をしていたら、こちらが侮辱罪で訴えられる可能性もあったかもしれん。オズワルドはお前より優位に立ちたくて仕方ない奴だから、平気でシラを切っただろうな。どうやら私が思っていたより、あれは公爵家の婿という立場に執着しているようだから」

「旦那さま、よろしいでしょうか」

ルネスが手を挙げ、エリーゼとアリウスふたりの目がルネスに向かう。

「お嬢さまの婚約解消に向けての証拠集めのひとつとして、オズワルド令息が例の無礼な発言をした夜会について調査を始めました。独断で進め、報告が遅れたこと、申し訳ありません」

最初に謝ってから、ルネスは調査経過を報告した。

夜会の出席者全員の中から、オズワルドの友人である可能性が高い人たちを探し、証言が得られないか接触するつもりであること。

今は、つい先日に手に入れた出席者のリストから、全出席者の名前を確認している段階であること。

この先、夜会でオズワルドと一緒にいた友人たちを的確に選定できるか、選定できたとして証言まで引き出せるかはわからないが、万が一を考えて最後まで調べたいと思っていることなど。

ルネスが密かにそんな調査を始めていたことを知らなかったエリーゼは、驚いて目を丸くする。

そしてここ数日、とても忙しそうにしている理由を理解し、感謝で胸がいっぱいになった。

報告を聞き終えたアリウスは、必要に応じて使えと何人かの部下の名前を挙げ、ルネスに正式に調査を命じた。

さらに、アリウスたちがいないほうがオズワルドの気も緩むだろうからと、公爵夫妻は時期を早めて、社交シーズンが終わり次第、領地に戻ることにする。

「同時進行で、オズワルドのやらかしを待て。あれは、私が思っていたよりはエリーゼの価値を理解しているようだ。だが理解していてあの態度だったのなら、どうせまたすぐにバカをするだろう」

こうして、エリーゼはオズワルドのデートの誘いを渋々ながら受けることにした。

すべてはオズワルドを油断させ、あるかもしれないやらかしを待つために。

エリーゼがまったく喜んでいないとも知らず、翌日オズワルドは意気揚々とやってきた。

銀色の髪をきれいに後ろになでつけ、額を出したオズワルドは、心もち緊張した顔つきでエリーゼの前に立つ。街中を歩くために選んであろう地味でシンプルな服装が、かっちりした髪型と少しちぐはぐな印象だ。

同じく街歩き用に町娘風のワンピースを着たエリーゼとともに、ふたりは馬車で王都の中心街へ向かう。ルネスは、いつものように騎乗で馬車の後ろから付いてくる。

中央広場の手前にある馬車停めで馬車を降り、そこからは歩いてカフェに向かった。

貴族用の商店街の並びにあるカフェは、オズワルドの友人が勧める人気店らしく、開店間もない時間であるにもかかわらず、すでに多くの席が埋まっている。可愛らしく華やかな雰囲気の店だ。

「個室もあるが、この店は窓側の席が人気でな」

それも友人から仕入れた情報なのか、オズワルドは人気の窓際席に座るつもりで店員に名前を告げる。店員は、ぽっかりと空いている最後の窓側席に、エリーゼとオズワルドをにこやかに案内した。

なぜ窓側が人気なのかとエリーゼは不思議に思ったが、座ってみればなるほどと納得する。たしかに特別感がある。

店の周囲をぐるりと囲むように大きめの花壇を配置していて、そこには色とりどりの花が植えられているのだ。花の配色がまた見事で、ちょっとした花畑を錯覚させるほどの美しさだ。

さらに、窓側席だけ、店内のほかの席より数段高い位置になるよう設計されているため、目線がほかより少しばかり高くなる。

窓越しのきれいな花々を上から見渡せるだけでなく、花壇の向こうで通りを歩く人たちと、うっかり視線がかち合うこともない。

これまで街に出る機会が少なかったエリーゼが、物珍しさでついきょろきょろと周りを見回していると、「落ち着けよ。みっともないな」と、オズワルドがドヤ顔でメニューを差し出しながら注意する。

メニューを受け取ってはみたものの、街のカフェに来ること自体が初めてのエリーゼは、羅列された名前からどんな品かを想像するのが難しい。

ケーキも飲み物も、ほかのものだってそうだけど、これまで料理人が準備しメイドがテーブルまで運んだものを口にしていた。もちろん公爵邸で、である。

令嬢でも、友人同士で出かけたり婚約者に連れていってもらったりと街歩きをして、そこでカフェに入ってケーキやお茶を楽しむ機会はあるかもしれない。

だが、あいにくエリーゼの婚約者はオズワルドだ。

オズワルドがエリーゼの交友関係を制限するから、一緒に出かける友人を作れないし、そもそもいたとして友人との外出を許すとも思えない。

つまり、カフェもメニューを見るのも初めて。何をどうすればいいのかよくわからない。

しかし、ここでオズワルドに尋ねたら、きっと喜ばせてしまうだろう。

そんな気がしたエリーゼは、とりあえず黙って様子を見ることにする。

オズワルドが店員を呼び、メニューを見ながら頼みたいものの名前を言っていく。

メモを取った店員は、次にエリーゼに視線を向ける。きっと自分の番なのだとエリーゼは思った。

(……人気のカフェなら、きっとどれを選んでもおいしいはずよね)

少し考えて、上からメニューを指でなぞり、適当なところで止めて、そこにあった名前を口にしてみる。

飲み物は、と店員に聞かれ、同じようにして適当に選ぶ。お茶の名前で知っているものがいくつかあったけれど、ここは未知なるものに挑戦しようと、あえて知らないものを選んでみた。

注文を終えて店員が下がると、店内の喧騒に囲まれる中、ふたりのいるテーブルにだけ、しん、と沈黙が舞い降りる。

これまで、こういうときはエリーゼが頑張って話題を振っていた。オズワルドが返事をしなかろうと、そっぽを向かれようと、微笑みを保ったまま話し続けたのだ。

でも、もうそんな親切をしてあげるつもりはない。

無言で、けれど眼差しでは何か言いたげなオズワルドから視線を外し、せっかくだからと窓の外の花々に目を向ける。

配色を考えて植えられた花は美しく鮮やかに咲き乱れ、目を楽しませてくれる。たかが花壇と侮るなかれ、気分は小さな植物園だ。

花々の向こうは街を歩く人たちが普通に見えるのが、なんだか妙におもしろい。

ふと視線を巡らせると、カフェの入り口付近で待機しているルネス、そして少し離れてオズワルドの護衛が見える。

きりりと真剣な表情で姿勢よく立っているルネスの姿は、道の隅なのに目を引いて、道行く女性たちの多くが、ちらちらと彼に目をやっている。

中には、実際に声をかける強気な女性もいたが、ルネスは完全無視を貫いていた。

(……うん。こっちはいつもの光景ね)

現在進行形で街中の女性の目を引いているルネスだが、実は社交界でも彼の人気はかなりのものなのだ。

伯爵家の後継者でまだ婚約者がおらず、そのうえかなりの美丈夫。騎士らしくバランスの取れた引き締まった体格をしていて、背が高く、騎士服が恐ろしいほどよく似合う。

そして、優しく真面目で職務に忠実、性格も折り紙付きだ。これで人気がない訳がない。

ルネスはエリーゼの護衛任務を最優先するため、彼自身の夜会や茶会などの参加率は限りなく低い。

そのせいか、会そのものには不参加でも、エリーゼの護衛として付いてきたルネスと接触しようとして、わざわざ会場の外に抜け出す令嬢たちまで現れる始末だ。

その場合も、ルネスの対応は今と変わらない。そう、完全無視である。

ルネス曰く、どんな形であれ反応を返すと、令嬢たちが喜んでしまって話が長引いてしまうそうだ。

昔はそれで要らぬ噂がたち、エリーゼが誤解したときもあった。だが、今はエリーゼもその辺りの事情をよく理解しているから問題ない。

(あまりにしつこいときは、『我が娘への護衛任務を意図的に妨害する行為の意図を説明いただきたい』と、お父さまから苦情を入れてもらったこともあったわね。あ……またひとり、挑戦者が現れたわ)

エリーゼが観察している最中にも、ひとりの若い町娘がルネスに近寄っている。娘は真っ赤な顔で一生懸命に話しかけるが、ルネスの表情はぴくりとも動かない。

(あいかわらずすごい人気だけれど、ルネスには想い人がいて、でもその想い人には婚約者がいるのよね。決して結ばれることがないのが悲しいわ。ルネスには幸せになってほしいのに、ままならないものね……)

ルネスを観察していたら、ふと彼の想い人の事情まで思い出してしまい、エリーゼはちょっと切ない気分になる。

店内に視線を戻すと、ちょうど店員がやってきた。

「お待たせいたしました」

エリーゼがメニューから適当に頼んだのは、ケークエコセという名称のケーキだ。

どんなものかしらと興味津々に目をやれば、焦げ茶色とクリーム色で二層になっているツートンカラーが可愛らしいケーキであった。置かれた皿から、ふわりとチョコの香りが上がる。

さて飲み物はと期待していると、普通に紅茶がサーブされた。どうやら見慣れぬ名前は、エリーゼがまだ飲んだことのない茶葉だったらしい。

（……紅茶もだけど、初めて見るケーキの味が気になるわ。カフェで出してるのだから、おいしいのは間違いないでしょうけど、なんだかドキドキする）

ケーキも紅茶も屋敷で口にしたことのないものを引き当てた。それが単純にうれしくて、エリーゼの口元が、ふ、と自然に綻ぶ。

「あ……」

それを見たオズワルドが、何か言おうと口を開いたとき。

「あ〜っ！　オズワルドさまぁ！」

窓の外から女性の高い声が、オズワルドの声を遮った。

「オズワルドさま、あたしですぅ！　ケヴィン・クルルスの妹のキャナリーですぅ！　覚えてますかぁ？」

窓の外、きれいな花々が植えられた花壇の向こう側。少し離れた歩道からオズワルドに向かって、ぶんぶんと勢いよく手を振っている少女が見える。

エリーゼと同じ、いや、少し年下だろうか。ぴらぴらと可愛らしいワンピースがよく似合う、薄桃色の髪の少女は、その可憐な風貌に似合わぬ結構な大声を張り上げる。

初めは怪訝な表情を浮かべたオズワルドだが、少し考えて、ああ、と小さくつぶやく。

「キャナリー……もちろん覚えてるさ。ええと、君もこのカフェに？　ケヴィンは一緒じゃないのか？」

「今日はひとりですぅ！　お兄さまとオズワルドさまがこのカフェの話をしていたでしょう？　それで、あたしも行ってみたくなって、ひとりで来ちゃいましたぁ！」

「そうか」

「はい！　でもすごい行列でぇ、どうしようかなって思ってたときに、オズワルドさまがいるのが見えたから、うれしくなって声をかけちゃいましたぁ！」

たしかに、カフェの入り口には待ち客の列ができている。オズワルドとエリーゼが入ったときにはまだいくらか席が空いていたが、さすがは人気店、それからすぐに満席になったようだ。

「突然、声が聞こえてきたからビックリしたぞ」

「あたしもビックリしましたぁ！　うふふ、すごい偶然ですねぇ！」

「はは、本当だな」

「きっと、お兄さまが聞いたらびっくりしますよぉ。あ、そうだ。オズワルドさまぁ、お兄さまったらねぇ……」

店内と店外、しかも間に花壇を挟んで。

結構な声量で、オズワルドとキャナリーはそのまま会話を続ける。

もっぱら話題に上がるのは、主に『ケヴィン』なる人物だ。どうやらキャナリーの兄で、オズワルドの友人らしい。

らしい、と言うのは、エリーゼはオズワルドの友人関係について何ひとつ知らないからだ。

オズワルドは、友人知人にエリーゼを紹介することを嫌う。たまに茶会や夜会で一緒に出席するときがあっても、彼の友人たちと引き合わせてもらったことは、偶然を除けばこれまで一度もない。

以前はそのことで悩んだり不安になったりもしたけれど、婚約解消を目指す今となっては、別に知る必要もなかったと自然に思える。

（それにしても……）

オズワルドが変な勘違いをしそうだから絶対に言わないけれど、目の前でぺちゃくちゃとおしゃべりに興じるふたりを見ていると、関係の再構築とはどの口が言ったのかと問い詰めてやりたい気分になる。

事ここに至っても、友人知人を紹介しないというオズワルドのスタンスは変わらないらしく、エリーゼは未だ放置されたままだ。

（……慣れてるから別にいいけど）

エリーゼは、そう思った自分にハッとする。

これでは前と同じだ。我慢して、譲って、言いたいことを呑みこんで、すべてなかったことにする。

変わると決心したばかりなのに、長く染みついた考え方からなかなか抜け出せない。

(どうしたらいいかしら。オズワルドのいいようにさせてたらダメよね。……あ、そうだわ!)

ひとりで先に食べてしまえばいいではないか。

ついでに、食べ終わったら先に帰ってしまえばいい。

これはいい案だと、エリーゼはフォークを手に持ち、早速ケーキを切り分け、口に入れる。

口の中でチョコレートの風味が口いっぱいに広がる。とてもおいしい。

次は紅茶を口に含む。これもおいしい。爽やかな香りがとてもいい。

人気店で飲むせっかくの紅茶だ。オズワルドたちのやりとりを見ている間に、すでに紅茶は少し冷め始めていたが、おいしく飲めるギリギリのところで気がついてよかったと、カップに口をつけながら、しみじみと思う。

(ルネスの女性対策と一緒ね。相手にしないというのは、なかなかいい方法かもしれないわ)

ケーキと紅茶を交互に味わっていると、あっという間に皿とカップは空《から》になる。

(……さて)

エリーゼはフォークを置く。

とてもおいしく、満足である。あとは席を立つだけだ。

ただ、自分側に瑕疵は作りたくないので、できればひと声かけてから去りたいところ。

(でも、おしゃべりしているところに声をかけて、また妙な絡まれ方をされても困るし……)

思案しながら顔を上げると、目を丸くし、ぽかんと口を開けているオズワルドと目が合った。

「エ、エリーゼ。お前、まさか、オレを待たずに先に食べたのか？」

「はい」

「なぜだ」

エリーゼは不思議そうに首をかしげる。

「……？　ケーキと紅茶が来たので？」

「そうじゃない、なぜオレが話し終わるまで待たなかったんだ。今オレはキャナリーと話しているところだろう？　それを無視してケーキを夢中で食べるなんて配慮が足りない。話をしていたオレとキャナリーに失礼じゃないか」

「……私が食べずに待つ必要がありますか？　紹介もされていないので会話に参加する訳にもいきませんし、それなら先に食べて帰ろうかと」

「はあ？　帰る？　どうして帰るんだ⁉」

「それは……」

何を言おうかと言い淀んだエリーゼは、ふと思いついて、窓の外に立つキャナリーに目を向ける。

「あの方……キャナリーさんを、この席にお呼びしたらいいと思って」

「キャナリーを？　なんでだ？」

「だってキャナリーさんは、もともとこのカフェに来ようとしてたのですよね？　話が弾んでいたようでしたし、窓越しに話すより、席に座ってゆっくりお話できたほうがいいでしょう？」

「っ、それは、だが、お前が帰る必要はないだろう」

「私は別に……」

「あの！」

エリーゼとオズワルドのやりとりに、外に立っていたキャナリーが割って入る。

「婚約者さん。どうかオズワルドさまを怒らないであげてください。あたしが邪魔なら、今日はこのまま帰りますからぁ。このカフェの窓側の席を勧めたのは、あたしのお兄さまなんですぅ。婚約者さんのことでオズワルドさまが悩んでたから、お兄さまが相談に乗ってあげてたのにぃ……なのに帰っちゃうなんて、オズワルドさまがかわいそうですぅ！」

（オズワルドがかわいそうってどの辺りが？）

「ありがとう、キャナリー、でもオレのことはいいから」

（なぜお礼？）

「よくないですぅ！　オズワルドさまは、婚約者さんを喜ばせたくてここに連れてきてあげたのにぃ！　ねぇ、婚約者さん、オズワルドさまの気持ちをわかってあげてぇ！　あたしとオズワルドさまはなんでもないのぉ！　ヤキモチ妬く必要なんか、ないんですよぉ！」

（……は？　ヤキモチ？）

どこから突っこんでいいかわからないキャナリーの謎理論に驚いているうちに、とんでもない言葉を投げかけられてしまう。ヤキモチとは、とんでもない疑惑、いや冤罪である。

「……エリーゼがヤキモチだと？」

そして、その冤罪に、オズワルドが見事に食いついたのであった。

「……まさかデートの現場に、よその令嬢が乱入するとは思いませんでした」

関係を再構築するという名目の、とんでもないデートからようやく戻ってきたエリーゼは、ルネスから労わりの言葉をかけられ、なんとも言えない表情を浮かべる。

「私も驚いたわ。キャナリーさんって人、全然話が通じないの。あの流れで、どうして私がヤキモチを妬いたことになるのかしらね」

「帰りの馬車は大丈夫でしたか？　あの男に何か嫌なことを言われたりしたのでは？」

「大したことは言われなかったわ。やたら得意そうな顔で『ヤキモチはみっともないぞ』って何度も繰り返すのにはうんざりしたけれど」

「ああ……なるほど」

なんとなく想像がつくルネスは、きれいな淡緑の瞳を不機嫌そうにすっと細める。

「ねえルネス。今日のことだけど、あれくらいでは婚約解消にはまだ弱いわよね。結構な大声でオズワルドと窓越しにしゃべったし、かなり仲良さげにしていたけれど、結局キャナリーさんは席に来なかったもの」

「そうですね……旦那さまもそう判断されるかと」

「やっぱりそうよね……」

今は、オズワルドが必死に縋って婚約解消の話を保留にしてもらったばかり。いくらオズワルドでも、このタイミングでバカなことはしないだろうと思っていたところに、バカなことが起きた。

残念なのは、そのバカの規模が微妙に小さく、証拠として使うには少々物足りないことだ。

戻ってから早速、父にカフェでの出来事を報告すれば。

「たしかに、これだけでは弱いな」

そう言われてしまった。

分かってはいたものの、エリーゼはがくりと落胆するのを止められない。

「あいつの今後のバカさ加減に期待したいが、先のことは分からないからな。まあ、どうにもならなかったら、公爵家としての権力を振るうことにするさ。エリーゼの評判を落としかねないから、最終手段になるが」

そんな話をしてから一週間後、「頑張れよ」と言い残して、両親は夫婦で領地へ戻っていった。


オズワルドから二度目のデートの誘いが来たのは、それから十日後。

今度はカフェではなく、観劇である。

向かうは、王国で最も豪奢な作りの王立劇場。演目は今、王都で一番話題という悲恋ものだ。

一番人気作の触れこみ通り、エリーゼとオズワルドが席に座ったときには、かなり広い劇場内はすでにほぼ満席状態となっている。

隣に座るのがオズワルドという嫌な要素は横に置くとして、話題作の観劇そのものは、これまであまり外出する機会がなかったエリーゼにとって、とてもうれしく目新しいことであった。

照明が暗くなり、幕がゆっくりと上がっていく。

そこだけ明るく照らされた舞台に、ひとりの役者が現れ、台詞《せりふ》を語り始める。

（わあ……）

あっという間に、エリーゼは劇の内容に引きこまれた。役者たちの演技は素晴らしく、紡がれる話は感動的。何より、観劇中はオズワルドから絶対に話しかけられることがないのが最高である。

――ヒロインには親が決めた婚約者がいるが、その婚約者はヒロインを大事にしない。

ヒロインの屋敷で働く庭師の青年は、そんな彼女の心を慰めたくて、せめて庭を眺めている間は笑顔でいてほしいと、庭を美しい花でいっぱいにする。

けれど、ヒロインを大事にしないくせに独占欲だけは人一倍ある婚約者は、ヒロインがうれしそうに庭の花を眺めるのが許せない。

ある日、婚約者は言いがかりをつけて、庭師の青年が屋敷から追い出されるように仕向ける。悪い評判を立てられ、紹介状もなしに辞めさせられた青年を新しく雇う貴族の家はなく、青年は町の花屋の下働きになる。

だが、容姿の整った青年に劣情を抱いた花屋の店主の妻が、しきりに青年に言い寄る。

青年は当然断るのだが、逆恨みした店主の妻は彼が自分に言い寄ったと無実の罪を着せた。それを鵜呑みにした店主によって、青年はまたしても追い出されてしまう。

一方、婚約者と結婚したヒロインは、自分のせいで庭師の青年が追い出されてしまったと自責の念に駆られる。そこに夫からの冷たい態度と言葉の暴力とが加わって、心をどんどんすり減らしていくのだ。

笑顔は消え、食事もろくに取れなくなったヒロインは痩せ細り、やがて床に臥せる。

ここに来てようやく焦り始めた夫は、妻の心を慰めようといろいろなことを試すが、ヒロインはそれらをことごとく拒否する。

『わたくしが笑えば、それをした者が追い出されてしまうから』

だから自分はもう笑わないし泣きもしない。ただ人形として生きる、というヒロインに、夫はひざまずいて許しを請う。

愛してた、ほかに目を向けさせたくなかった、自分だけのものにしたかった、と激白する夫にヒロインは言う。

『よかったですね、望み通りになったではないですか。わたくしはもう誰も見ることもありません。これで満足でしょう？』

夫は贖罪として、追い出した庭師の青年の行方を探し始める。だが、杳《よう》としてわからないまま月日が流れていく。

そんなある日、夫は商用で出かけた先であるものを見る。

大急ぎで戻ってきた夫は、止める使用人たちを振り切って、寝たきりとなった妻を馬車に乗せる。着いた先は、店や家が途切れた街外れ。一本の大きな道だけが、ただただまっすぐに伸びる平原だった。

けれど一箇所だけ、そう、ほんの小さな一画だけ、花で鮮やかに彩られた場所があったのだ。

『あの色、あの花は……』

ヒロインのつぶやきが風に乗る。

かつて屋敷に咲いていたのと同じ花々だ。

けれど、それらは自然に咲くような花ではない。

屋敷の庭で咲いていた花のすべてがそこにあった訳ではないけれど、ヒロインが特に好んだ花ばかりが、選び抜かれたようにそこで咲いている。

『この花は誰が……』

妻の問いに、夫は答えない。答えられない。

これ以上嫌われるのが怖くて、言えないのだ。

これらの花を大切に育てていた庭師だった青年は、半月前に行き倒れて亡くなっているなんて。

『オレが間違っていた』

夫の懺悔と独白のあと、幕が下りた——

(なんて悲しいお話なの……)

場内に灯りがついたとき、客席のあちこちから、ぐすぐすと鼻を啜る音が聞こえてくる。かくいうエリーゼも、ハンカチを目に当て、号泣している。

「泣くなよ。よけいひどい顔になるぞ」

オズワルドから無神経なひと言をかけられたが、エリーゼは聞き流す。いちいち落ちこまずにいられるくらいには、自己肯定感は上がり始めているのである。

「……それにしても」

席から立ち上がったオズワルドは、観劇用の華やかなドレスを着ているエリーゼを上からじろじろと眺めまわし、眉をひそめる。

「今日はずいぶんと派手な格好をしているな。もっとこう、控えめに……」

「私がお気に召さないなら、いつでも婚約解消を了承しますけれど？」

「っ、そういう話じゃないだろう。お前って奴は、まだ拗ねてるのか？」

「拗ねるとはどういうことでしょう。それこそ、そういう話ではないと思いますが」

「ではヤキモチか、そうかヤキモチなんだな。まったく仕方のない奴だ。今日は、キャナリーは来ていないだろうが」

オズワルドの言葉は、残念ながら最後の一文だけ本当である。

「そうですね。キャナリーさんがいらっしゃらなくて、本当に残念です」

まぎれもない本心だ。実のところ、来てくれることを密かに期待していたのだが、どこを何度見回しても、キャナリーらしき人物は見当たらない。

だが、オズワルドには謎のフィルターがかかっているらしく、「まったく可愛げのない反応ばかりして」とぶつぶつ言いながらニヤついている。

「大体あんなくだらない内容の劇でよく泣けるものだ。妻と庭師の浮気を美化しただけの低俗な話じゃないか」

（もう。まだ劇場内なのよ？　見たばかりの劇を、しかも評判のいいものを大声で貶《けな》すのはやめてほしいわ。なんだかあちこちからチラチラ見られているじゃない。ああ、ほら、あちらの人たちが私たちのほうを見ながらひそひそと……）

オズワルドの難癖に辟易しながら、エリーゼは周囲をそっと窺う。

終演後の混雑を避けようと、座席に残っている人たちの数はまだそれなりにいる。数名が好ましいとは言えない視線をこちらに向けているのは気のせいではないだろう。

劇にいたく感動しているエリーゼとしては、オズワルドと同類にされてはたまらない。

「あれのどこが浮気になるのですか。ヒロインも庭師も一度も好意を口にしてはいませんし、行動だってきちんと弁《わきま》えて、適切な距離を取っていたではないですか」

やや大きめの声で反論するが、オズワルドはさらなる最低発言をする。

「夫が浮気と思ったら浮気なんだ。疑わせた妻が悪い」

（はあ、そうですか）

暴論である。せっかくの話題の劇なのに、オズワルドと一緒では感動が半減だ。いや、壊滅だ。

本当にがっかりで、エリーゼはため息をつく。

今もどこかからよくない視線を感じるし、期待のキャナリーは現れてくれないし、これではせっかく出てきた意味がない。

（本当にオズワルドはやらかしてくれるのかしら……）

不安で仕方ないが、真面目な性格が災いしてか、作戦を考えようとしても、せいぜい『頑張って生意気な態度を取り続けて、もっとオズワルドに嫌われる』くらいしか思いつかない。

（後継者教育を頑張っても、こんなときに腹黒い策のひとつも思いつかないなんて）

もしオズワルドがこれ以上のやらかしをしなかった場合、ルネスが今密かに進めているという調査の結果に望みを託すしかない。

だが、焦るエリーゼを嘲笑うかのように、オズワルドとの観劇デートは、それ以上は何も起こらないままに終わる。

——そう、終わったと思っていた。このときは。


さて、観劇から二週間後、エリーゼとオズワルドは三度目のデートで植物園に来ている。

園内を歩いていたエリーゼはほんの少しの違和感を覚える。周りの人たちから、ちらちらと見られている気がするのだ。

そう、まるで観劇に行ったときのように。

歩く足はそのままに、首をかしげて考える。

劇場のときも視線を感じたが、あれはオズワルドが上演後に劇の内容をこき下ろしたせいだから仕方ない。

だが、今日のこの視線とひそひそ声はなんだろう。別に騒ぎなど起こしていない。ただきれいな花々が咲き誇る中を、ふたり並んで歩いているだけだ。

なのに、この視線、このひそひそ声。劇場のときより強い気がする。

(みんながみんなという訳ではないけれど……。はっ、もしかして服装にどこかおかしなところが？)

ふと不安になり、着ているドレスの前や後ろをきょろきょろと見回してみる。だが、こうして見る限りでは、破れやほつれ、汚れなどはない。

後方から少し離れて付いてきている護衛のルネスに視線を向ければ、彼も周囲の様子がおかしいことに気づいたのだろう。眉間に皺を寄せ、視線だけを動かして周囲の様子を窺っている。

気のせいではないとわかり、さらに不安が増す。

だって、少しだけ思っていたのだ。

いつも女性の目を引くルネスだから、この視線もひそひそ声も、もしかしたらそちらに向かっているものではないかと。

でも、ルネスを見て、そうでないと気づく。

自惚れでも自意識過剰でもなく、ひそひそと話しながらこちらを見遣る人たちの視線の先は、エリーゼとオズワルドだ。

(どうして……？　まだ婚約中だし、今日は普通に歩いているだけよ……？)

心当たりがまったくないからこそ、余計に不安になる。

だが、不安がったとして理由が判明する訳がない。そして、動揺してすっかり忘れているが、キャナリーがやってくることもない。

結局、今度も何事もなくデートが終了した、と思った。

——またしてもこのときは。

そして、四度目のデートの日。

エリーゼはオズワルドに連れられ、人気レストランに来ている。

非常に残念なことに、今回もキャナリーは現れない。これで三回連続である。

（キャナリーさん、頼りにならない……）

食事をしながら内心がっかりしているエリーゼとは裏腹に、オズワルドの機嫌はすこぶるよい。

機嫌がよすぎて、暴言もほとんど出てこないくらいだ。

だが、それがかえって不安を煽る。オズワルドのやらかし待ちなのに、彼の態度に改善が見えているのだ。焦るのも当然である。

（どうしたらいいのかしら。いっそ悪に手を染める覚悟をして、オズワルドを罠にかける……？

でも、いくら婚約をなんとかしたいからって、そこまでするのはどうなのかしら……？）

ここ一週間、心の中で、こんな自問自答ばかりを繰り返している。

勝手に期待していたと言ってしまえばそれまでだが、やらかしお助け要員のキャナリーが現れないことへの落胆は、なかなかに大きい。

「エリーゼ、何をぼ～っとしている？　それはお前の好物だろうが」

考えこみすぎて、カトラリーを持つ手が止まっていたらしい。向かいの席に座るオズワルドから声をかけられ、エリーゼはハッとする。

「い、いえ、あの方はどうしてらっしゃるかと思い出していましたの。あの、以前にカフェでお会いした、たしか、キャナリーさんとおっしゃっていたかしら……」

「ああ、キャナリーか」

あからさまに話題を振ってしまったが、もともと腹芸が得意ではない。いや、できないこともないのだが、今は精神的余裕がなさすぎて、さりげなさなど皆無で、真正面からいきなり聞いてしまった。

オズワルドはエリーゼの問いを気にすることも、不機嫌になることもなく。

いや、むしろその名前を聞いて「ふふん」とうれしそうに胸を張る。

「やはり気になるか？　気になるのだな？　彼女とはなんでもないと、オレがあれほど言ったのに」

（……喜ばせてしまったじゃない。聞いたのは失敗だったかしら）

エリーゼは、すん、と表情をなくし、肩を落とす。それをさらに勘違いしたのか、オズワルドがにこりと微笑みかける。

「心配するな、エリーゼ。オレはお前ひとすじだからな」

「……っ」

瞬間、ぞわぞわっと何かが背中を駆け上がった気がして、エリーゼは思わず椅子から勢いよく立ち上がる。

「エリーゼ？」

「す、すみません。ちょっとお花を摘みに」

小声で断りを入れ、エリーゼは早足でレストランのお手洗いに駆けこんだ。

不安とか心配とか焦りとか、オズワルドへの拒否感とか嫌悪感とか、おそらくいろいろなものでいっぱいいっぱいになってしまったのかもしれない。

以前よりはだいぶ精神的に強くなってきたとはいえ、まだまだ元気でお転婆だった頃とはかけ離れている。それを情けなく思いつつ、鏡に映る自分に向かってしっかりしろ、と鼓舞する。

水で濡らしたハンカチを額や首元に当て、どうにか気持ちを落ち着かせてから、のろのろとお手洗いから出てきたのだが。

(戻りたくないわ……)

席に戻れば、陰では悪口を言いまくるくせに、婚約にしがみつこうとするオズワルドがいる。

とはいえ、ちょうどメインを食べ終えたところで席を立ったから、まだデザートが残っている。

ここでこうしていても、食べ終えない限り、食事の時間は終わらない。

けれど、すでに嫌いになっている相手に何度も会うのは、証拠を掴むまでの時間稼ぎとはいえ、精神的になかなかきついものがある。

特に今は、愛の言葉なぞをささやかれてしまったあとだから、すぐに戻る気にはどうしてもなれなくて。

(少しだけ……)

廊下をフロアとは逆方向に進み、そこで立ったまま、壁にもたれて目をつむる。

この先は従業員用の出入り口になっているだけで、ほかには何もない。男性用のお手洗いは、離れた別の場所だ。このまま廊下でしばらく時間を潰しても、ほかの客の迷惑にはならないだろう。

少しでいい、目をつむって頭を空っぽにする時間がほしかった。

ぼんやりしていると、どうやら従業員用出入り口の向こうからひそひそと話す声が聞こえてきた。だいぶ小さな声だが、目をつむって静かにしているせいか、会話の内容が聞こえてしまう。

「……だからね、きっと気がついちゃったのよ、さっきのお客さん。だって真っ青な顔でお手洗いに駆けこんでたもの」

（……え？）

立ち聞きはよくないと、急いで立ち去ろうとして踏み出しかけた足が、ぴたりと止まる。

「ええ～、ただの偶然じゃないの？　だって普通、相手の男がほかの女と昨日も来てたなんてわからないでしょう」

「そうかな～。だって、すごい顔色だったよ？　絶対、浮気してるのがバレたと思ったんだけど」

「男がよほど間抜けで、昨日のメニューとかうっかり口を滑らせない限り、連日来たなんてわからないわよ。ほら、もう行こう。ここであんまり長く休んでると、店長に見つかって怒られるわよ」

パタパタと遠ざかっていく足音。続いてやってきた静寂。

エリーゼはゆっくりと息を吐いて、体の緊張を解く。

（……今の会話は何？）

真っ青な顔でお手洗いに駆けこんだ客とは、もしや自分のことだろうか。だとしたら昨日も来たという男は、オズワルドになるのだろうか。

（え？　ちょっと待って。そのあとはなんて言っていた？）

『ほかの女と――』

『浮気してるのが――』

（つまり昨日、オズワルドはほかの女性とここに来てたってこと？　その女性って……）

「……っ」

思ったことが危うく声に出そうになって、慌てて口を押さえる。

（……落ち着いて。その男というのが本当にオズワルドかどうかも、まだわからないし、女性だって……そう、証拠、まずは証拠よ。ルネスに相談して、調べてもらわないと）

迷宮に入りこんでいたところに光が射した気分だ。

エリーゼはぐっと拳を握りしめ、フロアに視線を向けるのだった。


エリーゼが帰ってすぐに、レストラン従業員たちの内緒話を報告すれば、ルネスはすぐに動いてくれた。

例の夜会の調査から一旦離れ、レストランに部下を送って聞きこみをさせたのだ。日付と場所がわかっていたため、調査は簡単だった。

結果、エリーゼが推測した通り、従業員たちが噂していた『男』とはオズワルドであることが判明した。

そして、同伴した『別の女性』は、聞きこみで手に入れた容姿や年齢などの情報から判断すると、エリーゼが期待する彼女と思われた。

そう、キャナリー・クルルスである。

「でも、どうして前日だったのかしら。カフェのときみたいに当日に乱入してくれたら、もっと簡単にわかったのに」

ルネスから手渡された調査結果報告書に目を通し終えたエリーゼは、不満がこめられた疑問を口にする。

待ち望んでいたオズワルドのやらかしがついに来たのだ。

なのに素直に喜べないのは、そのやらかしが少々わかりにくいものだったから。よくもヤキモキさせてくれたわね、という感じである。

「簡単にわかっては困るから、前日なのではないでしょうか。あの男は、お嬢さまとの婚約を継続したい訳ですし」

ルネスの推察に、エリーゼはむっと眉を顰める。なんとも失礼な理由だ。

「継続したいのに、ほかの女性と前日に同じ場所でデートをする神経がわからないわ。だいたいすぐにバレてしまうでしょう？　私が気づかなかったとしても、ほかに目撃している人がいるもの」

「微妙なところですね。前日デートを続けていたら、いずれバレたとは思いますが、一回だけなら、必ずバレるとは限りませんよ。今回は偶然、お嬢さまが従業員の会話を聞いていたので、調査した訳ですから」

「じゃあ、一回で見つかっちゃったオズワルドって、すごく運が悪かったのね」

オズワルドへの嫌味を込めてエリーゼは言う。

運がよければバレずにやりおおせたのに、心にもない愛の言葉を囁いたりするからだ。おかげで、エリーゼは気持ち悪くなってあの場所に駆けこんだのだから。

「運が悪い……そうかもしれませんね。一回目でお嬢さまに……うん？　一回……？」

ルネスがはっと顔を上げる。

「あれは本当に一回目なのか……？」

「ルネス？　どうしたの？」

口元に手を当て、考えこむ様子を見せるルネスを不思議に思い、尋ねれば。

「……いえ、なんでもありません」

ルネスは今思いついたばかりの考えを表情からきれいに隠し、微笑みで言葉を濁すのだった。

調査により、レストランでの真実が明らかになった翌日。

タイミングがいいのか悪いのか、オズワルドから手紙が届く。五度目のデートの誘いであった。

〈五日後、ブティックで買い物をしよう〉

などと呑気なことが書いてある。

「もうデートを断ってもいいのよね」

昨日の今日で、まだ父に連絡できていないが、オズワルドのやらかしの証拠は押さえたのだ。

もう無理してデートに出かけて、オズワルドの『オレ偉い』発言を聞かなくて済むと思うと、エリーゼの心は自然と軽くなる。

だが、ルネスはなぜか首を横に振って言ったのだ。

「承諾の返事をお送りください」

「え？　どうして？」

予想外の言葉に、エリーゼは目を丸くする。だが、ルネスの目は真剣だ。

「デート当日はキャンセルになるでしょう。ですが、今はとりあえず了承のお返事を。興味深いものが見られるかもしれません」

まったく意味がわからない。だが、ルネスを無条件に信用しているエリーゼは、言われた通りに了承の返事をオズワルドに送った。


それから四日後。オズワルドとのデートを明日に控えた日のこと。

「ねえ、ルネス。どうしてここに来ているのかしら？　この店名、たしかオズワルドがデートで行くと言っていたブティックではなくて？」

「そうですね」

エリーゼとルネスは今、オズワルドがデートで連れていくと言っていたブティックの店内にいる。

エリーゼは裕福な町娘のような身軽な格好で、ルネスは白シャツに焦げ茶のズボン、その上に濃いグレーのマントを羽織った地味な出で立ちである。だが、ルネスが着た時点で、地味服の意味はなくなってしまうのだが。

「デートは明日のはずよ？　どうして前日に、ここに来……」

と、ここで何かに気づいたエリーゼがはっと口を押さえる。

（デートの前日って、レストランのときだけの話よね？　え、ちょっと待って、まさか……）

エリーゼの思考を読んだかのように、ルネスが小声でささやいた。

「今回も、あの男が例のご令嬢と、デート前日にここに来る可能性が高いと思われます」

多少想像がついていたはずなのに、エリーゼはルネスの言葉に目を見開いた。

「実はあのあと、さらに調査をしてわかったのですが……」

レストランの件で以前のほかのデートも怪しいと考えたルネスは、それぞれ前日がどうだったかを調査し始めた。

二度目のデートは劇場。予約チケットならば記録が残る。偽名を使用していないという条件付きだが、オズワルドはそのどちらもちゃんとやっていた。

オズワルド・ゴーガンの名前で、二日連続で席をふたつ予約していたのである。

人気の演目であるゆえに、上演する劇場に連日通いつめる熱心なファンがいたらしい。キャナリーと行ったときにも同様に劇の内容をこき下ろしていたオズワルドは、すでに一度、ファンから睨まれていたようだ。

その彼が、次の日にまた睨まれるようなことをした。

しかも前日とは別の女性連れ。

それが予想以上に人目を引いたのか、それともファンの怒りが燃えあがったせいか、不実で無神経な男の噂が出回り始める。

そして植物園。

再びの連日デートである。

それなりに噂が回り始めていたオズワルドを見て、あら、あの人って噂の？　となったらしい。

ここまでは、周囲で声がだんだんとうるさくなっていっただけ。当事者たちの耳には聞こえていない。

だがレストランで、エリーゼが情報を拾い、オズワルドの前日デートが発覚する。

「……じゃあ、これからオズワルドがキャナリーさんと、ここにやってくるかもしれないということ？」

「十中八九、そうなるかと」

（なんてこと……）

バカにするにも程がある。

結局オズワルドは、エリーゼのことを下に見続けたいだけなのだ。

怒りでくらくらと目眩まで覚えかけるエリーゼに、ルネスがつい、と手を差し出した。

「どうせ婚約を解消することは確実なのです。それなら、多分もう二度と見ることはないであろうオズワルドの前日デートを目にしておくのも一興かと。……そのときに、お嬢さまがご自身の手で引導を渡すかどうかはお任せしますが。なんだったら、俺があいつを殴って差し上げますよ？」

「まあ」

ルネスの言葉と悪戯めいた眼差しに、あっという間にエリーゼの中の怒りがほどけ、余裕が生まれる。

そう、これで婚約解消は確実。

オズワルドと明日デートする必要もない。もう終わりだ。

それに気づいて、うれしさに笑みまで浮かぶ。

「……そうね。それなら、決定的瞬間を目撃するまで、ルネスとのデートを楽しもうかしら」

エリーゼのそんな誘い文句に、ルネスは一瞬、目を見開いて「光栄です」と美しく微笑んだ。

そして、互いにこれが似合うあれが似合うと、服を選び合って半刻ほど経った頃。

ブティックの扉が開く音とともに、エリーゼのよく知る声が店内に響く。

果たしてルネスの予想通り、オズワルドはキャナリーを腕に絡ませて入ってきたのである。

「これなんか似合うんじゃないか」

「わぁ、可愛い。オズワルドさまって、センスがいいですよねぇ」

「ははっ、よく言われるが、それほどでも」

店内で服を片手に仲良く語らっているふたりを、店内奥に避難した別のふたりが見つめている。

「どうします？　お嬢さま、俺が行って、殴ってきましょうか」

こしょこしょと、ルネスが小声でエリーゼに尋ねる。

「……いいえ」

同じくこしょこしょとささやき返したエリーゼは、胸の前で両手をぐっと握りしめると、大きく息を吸って吐くを二度繰り返す。

「最後だもの。私が行ってくるわ」

ちょっと怖いから後ろから付いてきてね、と付け加えてしまったが、意を決し、店の入り口の方向、ふたりのはしゃぐ声がするほうに向かって足を進める。

「あら、オズワルド。どうしてほかの女性を連れているのかしら？」

と、さも今来たばかりを装って声をかければ、オズワルドは分かりやすく狼狽えた。

「へあ？　え？　エリーゼ？　ど、どうしてここに？」

「あら、オズワルドからデートのお誘いがあったから、ここで待っていたのだけれど」

「え、いや、違うだろ。お前とは明日の約束だろうが」

これはオズワルドが正しい。

デートは明日である。

だが、今はこの流れで押し通させてもらう。今日だろうが明日だろうが、不貞現場であることは違いない。

「言い訳は結構よ。婚約解消はしたくないと騒いだのはそちらなのに、こそこそ不貞行為をするなんて最低だわ」

そして、エリーゼは手を勢いよく振り上げる。

パンッ。

店内に乾いた音が響きわたる。

オズワルドの左頬が赤くなる。

キャナリーが怯えたように口に手を当てるも、その陰で口角を上げる。

店内にいた従業員が、そしてほかの客が息を呑む。

エリーゼは、店内にいるすべての人に聞こえるように声を張って言った。

「オズワルド・ゴーガン侯爵令息。保留になっていた婚約解消の手続きを再開します。おじさまたちに、王都に来るよう伝えてくださいな」

エリーゼはそれだけ言い終えると、くるりと体をひるがえした。


婚約解消を願ったエリーゼに、ゴーガン侯爵夫妻とオズワルドが懇願して、関係の再構築なる期間を取ることが決まって約二か月。

領地に戻っていたゴーガン侯爵は呼び出しを受け、期待全開で王都のラクスライン公爵家のタウンハウスにやってきた。

手紙で逐一連絡を受けていたアリウスは、侯爵より二日早く王都に到着している。すでにエリーゼと話し合い済みで、保留前は婚約解消だったところを、破棄へ変更することになった。

関係者全員が揃ったところで、エリーゼが口を開く。

「オズワルドとの婚約を破棄させていただきます」

てっきり再構築がうまくいっていると思っていたゴーガン侯爵は非常に驚き、ぽかんと口を開く。

だが、侯爵が何か言うより早く、椅子から立ち上がって叫んだのは、焦ったオズワルドだ。

「誤解だ！　エリーゼ、誤解なんだ！　オレが愛してるのはエリーゼだ！　キャナリーはただの友人の妹で、恋愛感情はないんだ！　オレは浮気なんてしていない！」

浮気という言葉に目を丸くする侯爵をよそに、エリーゼは、そう言われましても、とおっとり首をかしげる。

「現に不貞の証拠がありますから。私自身もですけど、目撃証人は山のようにいますのよ」

エリーゼの言葉に合わせて、ルネスが証拠書類を手に前に進み出る。そして、どさりと重たい音を立てながらテーブルの上に置かれたそれを、エリーゼは手で示す。

「どうぞご覧ください。オズワルドの不貞行為の証拠です。目撃した方々がお寄せ下さった証言もすべて記録してありますわ」

「嘘だ！　浮気なんてしてないのに、そんなものがある訳がないっ！」

「あら、王都のあちこちで堂々と愛する方との逢瀬を繰り返していたのに、誰にも見られていないとお思いですか？」

「っ、だから、キャナリーとは逢瀬とかそういうのじゃない！　くっ、こんなもの……っ」

「やめろ、オズワルド！」

テーブル上の書類を払い落とそうとするオズワルドを侯爵が怒鳴りつけた。父の大声に、オズワルドの肩がびくりと跳ねあがる。

「ち、父上……？」

「お前は黙っていなさい。書類は私が確認する」

「で、ですが、オレは本当に……っ」

「黙ってろと言ったのがわからんか！」

「ひっ……」

溺愛してくれていた優しい父から生まれて初めて怒鳴られ、オズワルドはようやく口を閉じる。

侯爵はふう、と大きく息を吐き、書類へ向き直る。

「……なかなかの量だな」

「それだけ多くの目撃者がいたということです。内容が重なる証言も多くありますが、より証言に信ぴょう性が増すと思い、すべてお出ししています。証言してくださった方々のサインもいただいてますので、確認もすぐに可能です」

「……とりあえず目を通させてもらおう」

侯爵は、しばし書類の山を見つめたあと、ゆっくり手を伸ばして一番上の紙を取った。

一枚一枚、侯爵は丁寧に目を通していく。かなりの量の書類があるため、読み終わるのを待つ間、息のつまるような沈黙が室内を支配する。

聞こえるのは、柱時計が時を刻む音と侯爵が紙をめくる乾いた音だけ。

やがて侯爵は、やや乱暴に書類の束をテーブルに置く。

「オズワルド……」

それからオズワルドのほうを振り返り、勢いよく手を振り上げる。

「この……っ、バカ者がっ！」

応接室内に、バシン、と大きな音が響く。エリーゼがブティックでオズワルドの頬を打ったときより、ずっと大きな音だ。

「ち、父上……」

「これのどこが誤解だ！　どこをどう見ても浮気ではないか！　劇場、植物園、レストランにブティック……しかもふたりきりで、わざわざエリーゼと出かける前日に！　悪質にも程がある！」

「ち、違うんです。それは、ただの予行練習で」

「はあ？　なんだって？」

『予行練習』、その言葉に侯爵は目を丸くする。いや、侯爵だけではない。エリーゼ、アリウス……その場にいた全員が驚愕した。

今や、オズワルドの浮気行為は王都中に知れ渡っている。

不誠実な男、ろくでもない浮気者、女心を弄《もてあそ》ぶスケコマシ、女の敵、など散々だ。

時間を空けた逢瀬だったならば、まだ人の記憶に残りにくかっただろう。

どうしてわざわざデートの前日に行っていたのか。

それはエリーゼもルネスも疑問に思っていた。

その理由がまさかの予行練習。

誰も予想していない答えであった。

「っ、だから！　あれはデートの予行練習をキャナリーに協力してもらっただけで、浮気とは違うんです！」

「そんな言い訳が通じるか！」

「でもエリーゼとのデートが本番なんだ！　ちゃんとうまくできるように前日に……っ」

「誰もそうは思っておらんわっ！　見ろ、この証言の山を！　『ゴーガン侯爵令息が楽しそうにクルルス子爵令嬢の手を取って歩いていた』『ゴーガン侯爵令息が最新デザインのドレスを令嬢に選んでいた』『ゴーガン侯爵令息が食事中ずっと笑顔で令嬢と話していた』どれもこれもゴーガン侯爵令息、ゴーガン侯爵令息、ゴーガン侯爵令息だ！」

　侯爵は、苛立たしげにダンッと足を踏みならす。

「しかも見ろ！　この証言の数の多さを！　お前は今、王都で一番有名な浮気者だ！　それも普通の浮気者じゃない。婚約者がいながらほかの令嬢と逢瀬をした挙句、翌日には婚約者を同じ場所に連れていく、不誠実で最低最悪の浮気者だ！」

「さ、最低最悪の、浮気者……？　そんな、オレは、オレはただ……」

「お前がやったのは、そういうことだ！」

　予行練習と言えばわかってもらえると思っていたオズワルドは、父親の言葉に愕然《がくぜん》とする。

「私は……私はな、オズワルド。お前がエリーゼを好いていると思っていたから……今は変にこじらせていても、結婚すればうまくいく。きっと幸せになると……だから……なのに、お前はっ……」

「……ケスラー。いや、ゴーガン侯爵。そろそろいいか？」

　ここまでずっと話の主導権を渡していたアリウスが、初めて口を開く。

　興奮状態だった侯爵はハッと我に返り、慌ててアリウスに向き直る。

「す、すまなかった、アリ……ラクスライン公爵、それにエリーゼ……嬢も。ここまで息子が愚かとは思わなかった」

侯爵はエリーゼとアリウスに向かって深々と頭を下げる。

だが、アリウスは謝罪を受けるとも受けないとも答えない。

「婚約破棄でかまわないな？　もちろんそちらの有責で」

「あ、ああ。それは当然……」

「なっ、父上、嫌です。オレはエリーゼと結婚する！　したいんだ！」

「っ、もう無理に決まってるだろう！　お前はもう黙れ！」

「でも……」

ゴツッと、先ほどよりも硬い音とともに、再び鉄拳が下る。

オズワルドはふらふらとよろめき、ぺたんと尻もちをつく。頭がじんじんと痛む。その痛みは、先ほどの平手打ちの比ではない。

痛む頭にそっと手を当て、父を見上げる。必死のすがるような目で。

けれど、侯爵の視線はすでにエリーゼたちに向いていて、オズワルドなど見ていない。

侯爵は一度だけ自分の右手拳をさすったあと、静かに言った。

「私たちの親バカのせいで、エリーゼ嬢に迷惑をかけてしまった。婚約破棄の書類にサインする。それから慰謝料の話をしよう」

用意していた婚約破棄の書類をテーブルの上に置くと、アリウスがまず当主の欄にサインをする。

続いて侯爵。それからエリーゼの前に書類が置かれる。

「エリーゼぇ……」

エリーゼがペンを手に取ると、テーブルの向こうからオズワルドの情けない声が聞こえてくる。

「キャナリーは、ただの友人の妹だ、それだけだ。オレが好きなのはエリーゼなんだよ……サインなんか、しないでくれよぉ……」

頼む、頼む、と繰り返すオズワルドに、かわいそうという気持ちは一切湧かない。ただうるさくて、もう黙ってほしくて、最後まで自分のことばかりのオズワルドに悲しくなった。

「オズワルド」

エリーゼはペンを持つ手を止め、顔を上げる。

「っ、なんだ、エリーゼ！」

名前を呼ばれ、オズワルドは弾かれるように顔を上げる。目に期待の光が灯る。

エリーゼは、そんなオズワルドににっこりと微笑みかける。

オズワルドは状況も忘れ、美しい笑みに見惚れてしまう。

顔を赤らめ、期待と不安のこもった眼を向けるオズワルドに、エリーゼは言う。

「嘘はやめましょう、オズワルド。私みたいな地味でつまらない女、もう笑いかけるのも限界だって、言ってたじゃない」

「……え？」

今日のエリーゼは美しく着飾っている。

薄紫色の髪は緩く巻いてから編みこみ、美しい細工の髪飾りで留めている。

ドレスは明るい水色で、首元には大粒のアクアマリンのネックレス。小さな金の耳飾りがきらりと輝く。

このために着飾ったのだ、オズワルドに別れの言葉を突きつけるために。

「よかったですね。婚約破棄が成立したら、もう無理して私に笑いかけなくてもよくなりますよ？」

「……え？　……え？」

「後悔してましたものね。爵位だけが取り柄の女と、どうして婚約してしまったのかって」

「……え？　エリー……ゼ……？」

「おい、オズワルド？」

ゴーガン侯爵が、どういうことだとオズワルドを見る。

けれどオズワルドはあんぐりと口を開けたまま、「え」とか、「あ」とか、意味のない音を発するだけ。

（まだわからないの？　それとも、言ったことを思い出せないくらいどうでもいいことだった？）

あの日の悲しみと絶望を思い出し、思わず涙がこみ上げそうになるのをこらえ、エリーゼはさらに笑みを深める。

「そう言っていたでしょう？　二か月前の夜会で。友人の方々とバルコニーに集まって談笑していたときに」

「……っ！」

さあっと音が聞こえそうなくらい、一瞬で顔色をなくしたオズワルドが慌てて口を開く。

「ちがっ、あ、あれ、は……っ！」

「オズワルド」

けれどその先をエリーゼは言わせない。

代わりに、持っていたペンを軽く上に持ち上げてみせてから、もう一度オズワルドに微笑みかける。

「今からこの書類にサインするから見ていてね。最後にあなたが署名すれば、それで終わりよ」

◆◆◆

婚約者が決まったのは、オズワルドが十二歳のときだった。

婚約者の名前は、エリーゼ・ラクスライン。

ラクスライン公爵家のひとり娘で、将来は女公爵として家を継ぐというエリーゼに、オズワルドは婿入りするのだ。

『よかったな、オズ』

『公爵家なんてすごいじゃないか』

父や母はもちろんだが、少し年の離れたふたりの兄も、まるで我がことのように喜んでくれた。

『どんな令嬢だろうね』

『仲良くできるといいね』

長兄は侯爵位を継ぎ、次兄に至ってはその補佐。

ゴーガン侯爵家が保有する子爵位は譲り受けるものの、爵位のみで領地はない。

けれど、エヴァンゲル王国の筆頭公爵家に婿入りする三男を、彼らが妬むことはなかった。

末の子として両親に大事にされ、年の離れた弟として可愛がられ。

そんな恵まれた環境を、ただ当たり前のものとして受けるばかりだったオズワルドは、たぶんこの時期に大切なものを学び損なっていた。

けれど、そのことに気づいたのは、もっと、ずっとあとになってからだった。


『きれいな髪の色だね』

顔合わせの場となった、ラクスライン公爵家の庭で。

ふわりと風に揺れるエリーゼの薄紫色の髪が、日の光を浴びてキラキラ光って、とても、とてもきれいだった。

思ったままをオズワルドが口にしたら、エリーゼは顔を赤く染めてうつむいてしまった。

『……あなたの銀色の髪も、とてもきれいだわ』

下を向かれてしまって焦ったけれど、エリーゼのその言葉に、怒らせた訳じゃなかったと胸を撫で下ろした。

それからも、会話が弾んだとは言えないが、気まずい思いをした訳でもなく。

なんだか胸がむずむずするような変な感覚。

それが不思議で首をかしげていたら、いつの間にかその日の顔合わせは終わろうとしていた。

エリーゼは賢かった。

案内してもらった庭は広く、植えられている花の種類は多い。

けれど、尋ねればそのほとんどをエリーゼは答えてくれた。ときには花言葉とか、その植物特有のうんちくまで添えて。

素直に感心した。

(そうか、こんなすごい家の後継者になるんだもんな)

だからこんなに物知りなんだ。だからこんなに可愛いんだ。

(これでボクと同い年なんて、すごいなあ)

このときも、ただ思ったままを口にした。

『ラクスラインって筆頭公爵家だもんね。すごいな、ボクも公爵家の婿にふさわしい人になるよう努力しないと』

その言葉にエリーゼはうれしそうに、そして恥ずかしそうに笑った。

まぶしい笑顔だった。

お互いの領地が離れていたから、婚約を結んだあとも会うのは年に数回程度。それでも、会えるときがうれしく待ち遠しく、そしていざ会えれば離れがたかった。

なのに、いつから間違えていたのだろう。どこから間違えてしまったのだろう。

誰も何も言わなかったのに、何かを吹きこまれた訳でもないのに、いつの間にか勝手に卑屈になっていった。


『兄さん。この間ボクが借りた本ね、エリーゼはもう読み終えてるんだって！』

『そうか。さすが次期公爵家当主だな。優秀な婚約者で、お前も誇らしいだろう』

『うん！　エリーゼはすごいんだ！』

『今日はオズの婚約者にやっと会えてうれしかったよ。可愛らしい子じゃないか。それにお前のことを好いてくれている』

『はい！　ボクもエリーゼが大好きです！』

『それはよかった。せっかく素敵な相手に恵まれたんだ。大切にするんだよ』

『もちろんです！』

エリーゼを褒められると、自分のことのように誇らしく思えた。そんな時期がたしかにあったのに。

『エリーゼにプレゼントを贈ろうと思うんです』

『そうだね、髪飾りなんかどうだい？　あの子の髪はきれいな薄紫色だから、真っ白でも逆に濃い色でも映えると思うよ。きっとみんながあの子に見惚れるよ』

『アリウスがエリーゼちゃんを領地の視察に連れていったそうだよ。そしたら、お嬢さまお嬢さまって、領民に囲まれて大変だったんだって。エリーゼちゃんは可愛いから、領民たちも浮かれちゃったんだろうな』

『父上、ボクも視察に行きたいです』

『婿入りするお前がゴーガンの領地を視察してもしょうがないだろう。結婚したら、エリーゼちゃんに連れていってもらいなさい』

『エリーゼちゃんのお婿さんになれるなんて、オズは幸運なのよ。公爵家の一員になるのだもの。エリーゼちゃんを大切にしてあげるのよ。絶対に嫌われるようなことをしてはダメよ』

それらの言葉に何も間違ったところはなかった。

けれどいつからか、オズワルドの耳には違った意味で聞こえるようになっていた。

エリーゼは素晴らしい子で、自分はそのおまけ。

みんなが見ているのもみんなに求められているのも、期待されているのも価値があるのも、みんなみんなエリーゼ。

彼女が褒められるたびに。

彼女を大切にしろと言われるたびに。

彼女がいれば将来は安泰だと言われるたびに。

オズワルドの中の何かが少しずつ変わっていく。

自分が彼女を幸せにすると思っていた。

けれど違った。勘違いだった。

なんでも持っている、オズワルドより優れている彼女を自分が幸せにできるはずがなかった。

エリーゼを幸せにするのではない、エリーゼがオズワルドを幸せにするのだ。

持っている者がない者に与える。そう、オズワルドとエリーゼの関係はそのようであるべきだ。

そんなふうに思うようになり、やがて自分の言動に彼女が傷つくのを見るたびに、仄暗い喜びを胸に抱えるようになっていく。

また、エリーゼの後ろに立つ護衛騎士の存在も気に入らなかった。

昔はエリーゼとのやりとりを微笑ましく見ていたくせに、近頃は自分が何か言うたびに鋭い視線で睨みつけてくる。不愉快だから、一度エリーゼの護衛から外そうとしたこともあった。

けれど、初めてエリーゼが抵抗した。それもまたオズワルドは気に入らなかった。

そしてどんどんとこじれていった関係は学園入学のために王都に移動して、さらにギスギスしたものになっていく。


『もっと婚約者を大事にしたほうがいいのでは？』

そんな小賢しいことを言ってきたのは、同学年の別クラス、子爵家嫡男のケヴィン・クルルスだった。

ケヴィンは婚約者と非常に仲がよい。

王立学園は男女で校舎が分かれているが、昼食はいつも中庭で落ち合って、ふたり一緒に食べていた。

オズワルドはもちろんエリーゼを誘ったことはない。地味で大人しくなったとはいえ、腐っても公爵令嬢だ。

一緒にいたら、みんなの注意が彼女に行くかもしれないと思うと、誘う気にもならなかった。だから、渡り廊下の窓から婚約者と昼食を取るケヴィンの姿を見かけるたび、物好きな奴らだと思っていたのだ。

だが、第二学年。

夏の長期休暇が終わった学園で、オズワルドはケヴィンの婚約者が亡くなったことを聞いた。

隣国に家族旅行に出かけ、その帰途で崖崩れに巻きこまれたらしい。一家全員が死亡したという。

学園に登校したケヴィンを、オズワルドは遠目に見かけた。

少し痩せはしたものの、いつもと変わりない様子の彼に、オズワルドは拍子抜けした。

（……なんだ。ケヴィンは別に、婚約者が好きだった訳じゃないんだな。うまい演技にすっかりだまされた）

それでも、ケヴィンをけっこう気に入っていたから。

『大丈夫だ。お前の家は金持ちだから、次の婚約者なんかすぐ見つかるよ』

次に会ったときに、そう言って励ましてやった。


ある日のことだった。

オズワルドは、放課後に談話室に行こうと渡り廊下を進んでいたとき、窓の向こうの風景の中にエリーゼの姿を見つけた。

渡り廊下の西側は中庭に、東側は校門に面している。

女子クラス棟から出てきた薄紫色の頭が校門近くの馬車停まりに向かう、その後ろ姿を見かけたのだ。

馬車の前では、ひとりの護衛騎士、今はすっかり大嫌いになったルネス・マッケンローが立っていた。

(ふん……気に入らない)

チッと舌打ちして、オズワルドは止めていた歩みを再開した。

けれど、目の端でルネスが突然走り出すのを捉え、再び足を止めた。

そのとき、外で正確に何が起きていたかオズワルドにはわからない。

だが、改めて視線を戻したときには、ルネスはエリーゼを片腕で抱きこんでいて、もう片方の腕は落ちてきた大きな枝を払い退けていた。

『……っ』

払われ地面に落ちたその枝がポロリと形を崩したこととか、ルネスが何事かを指示して御者の男が学園校舎のほうへ走り出したこととか。

それらのことには気が回らず、オズワルドはただルネスがエリーゼを抱きこんだ光景ばかりが頭の中を占めた。

ルネスに関して、最近よからぬ噂が立っているのをオズワルドは知っている。

『……っ、遊び人め。エリーゼはオレの婚約者だぞ。エリーゼもエリーゼだ。どうしてその男の傾を引っ叩かないんだ……っ』
吐き捨てるようにつぶやく。
自分が公爵家に入ったら、すぐに配置換えをしてやろう。あんなのは門番くらいでちょうどいい。
そう考えることで湧き上がった怒りをなんとか呑みこみ、今度こそその場をあとにした。

やがて卒業を迎える。

結婚を機に領地に戻るパターンが多いこの国では、それまでは王都に残って人脈作りに勤しむ者がほとんどだ。

二十歳に結婚を予定していたエリーゼとオズワルドもそれに倣って、卒業後も王都のタウンハウスにそれぞれ留まる。

卒業の数日後、若者だけのパーティーが催されたとき、オズワルドは珍しくそこにエリーゼを誘ってやった。

だが、彼女は生意気にもその誘いを断ったのだ。

（エリーゼのくせに……っ）

苛立ちのままに、バルコニーで友人たちにエリーゼへの不満を口にした。

――それが自分の運命を大きく変えることになるなどと、このときは思いもしなかった。

翌朝、ラクスライン公爵家から婚約解消を求める書状が届く。

折しも春の社交シーズン中で、領地から両親と次兄が王都のタウンハウスに来ていた。

『どういうことだ』

『エリーゼちゃんと何かあったの』

『こういうときはきちんと謝らないと』

心当たりがまったくなく、答えられない。むしろ、何があったのかと逆に聞きたいくらいだ。

(婚約解消、だって?)

オズワルドは意味がわからなかった。いや、たちの悪い冗談だとすら思っていた。

だが、ラクスライン公爵家に行ってようやくあの書状が本気で送られてきたものだと気がつく。

『嫌です、オレはエリーゼを愛してる。婚約解消なんか絶対にしません!』

オズワルドの両親も『素直になれなかっただけ』『男にはよくあること』とかばってくれた。

結果、婚約解消の申し出は撤回こそされなかったものの、その話は一旦保留となり、関係を再構築するための時間がもうけられた。

さすがに危機感を持ったオズワルドは、翌日、挽回しようと早速公爵邸に突撃する。エリーゼは喜んで中に入れてくれるはず。

計画を立てていた訳でもない。屋敷でエリーゼとお茶を飲んでもいいし、なんなら一緒に外に出かけてもいいくらいの軽いノリでの行動だった。

だが、エリーゼからは訪問の先触れがないと怒られ、門を通してもらえなかった。

別人のような対応をする彼女に唖然とし、屋敷に戻って次兄に相談したら呆れられた。

先触れなど、エリーゼ相手に必要ないと思っていただけ。

なのに、長々と次兄から説教され、仕方なく手紙で訪問希望日を書いて送る。

ついでにデートのことも書いておいた。それも次兄からの提案だ。

だが、デートと言っても、これまでエリーゼに何もしてこなかったツケが回ってきたのか、何をどうしたらいいかさっぱり思いつかない。

普段は領地にいる両親や次兄では、デートスポットなどの情報が古い。

ここで、ケヴィンを思い出す。

(婚約者を愛してる演技があんなにうまかったあいつなら、いい知恵を貸してくれるかもしれない)

そう思ってクルルス子爵家を訪ねると、ケヴィンは親身に相談に乗ってくれた。

女性の意見も必要だと妹のキャナリーを部屋に呼び、いくつかオススメの場所を提案されて、オズワルドはまず人気のカフェに連れていくことに決める。

カフェでキャナリーと遭遇したときは驚いたが、そのおかげでエリーゼがヤキモチを妬いているとわかった。

(なんだ。婚約解消とか言って脅かして。やっぱり、エリーゼはオレのことが好きなんじゃないか)

失いかけていた自信が復活し、調子に乗ったオズワルドは次のデートの計画を立てる。もちろん、ふたりのアドバイザーの意見を取り入れて。

『予行練習をしておけば、きっと本番で、よりスマートに婚約者さんをリードできるようになりますよ』

キャナリーがそう言ったとき、ケヴィンは席を外していた。

『おや、オズ。デートは今日だったっけ？』

首をかしげる次兄に、予行練習で行ってきます、と答えると、微笑ましいものを見るかのような優しい眼差しで見送られた。

予行練習でキャナリーと観劇して戻ってきたとき、ゴーガン侯爵邸が慌ただしかったので、何事かと問うと、長兄の妻が無事に出産したと知らせが届いたと言う。

『男の子だそうだ』

『早く帰ってあげなくちゃ』

いそいそと帰り支度を始めた両親を見ていると、次兄がそっとオズワルドに近づく。

『明日の本番デートの結果が聞きたかったけど、予定を早めて領地に帰ることになったんだ。……予行練習の成果が出ることを祈っているよ』

エリーゼとの関係改善がうまくいっているか心配する次兄に、オズワルドは大丈夫だと言って送り出した。

キャナリーのことは友人の妹としか思っていなかったから。

女として意識なんてしてなかったから。

だから、デートの『予行練習』が浮気の証拠としてどんどん積み上がっていたなんて、オズワルドは想像もしなかった。

『エリーゼぇ……』

婚約解消ですらなく、婚約の破棄。

確定していた未来が消えていく。

すがるような眼差しを向けても、エリーゼが手を差し伸べることはなく。

むしろサインしろと書類を突きつけることで、息の根を止められた。

そのときのエリーゼはとてもきれいだった。

緩く巻いて編みこんだ薄紫の髪には美しい細工の髪飾りが留められ、明るい水色のドレスは色白の彼女によく似合っていた。アクアマリンのネックレスと金の耳飾りがキラキラ輝いていた。

彼女があんなにきれいだってことはもちろん知っていた。

知っていて隠させた。

わかってるのは自分だけでいいなんて、そんな気持ちですらなかった。

ただ、ただ、エリーゼに落ちてほしかった。

落ちて、落ちて、底辺まで落ちて。

公爵令嬢なのに残念、ひどい、ありえないとみんなから思われてほしかった。

そうしたら、自分が拾い上げてやるつもりで。

そう、そうしたらきっと自分はエリーゼより――

（……そんなことを考えていたから、バチが当たったのかな）

そんなことを思うオズワルドは今、ゴーガン侯爵領の外れにある小さな屋敷で、執事を引退したジェラルドとふたりで暮らしている。

第二章　婚約破棄のそのあとに

オズワルドとの婚約破棄が成立し、六年間の婚約関係についに終止符を打つことができた、その日の夜。

夕食を終えたエリーゼのもとに、アリウスがルネスを伴って現れる。

ルネスの手には、グラスをのせたトレイがあった。が、中身は入っていない。

首をかしげるエリーゼに、アリウスは笑いながら口を開く。

「サロンで祝杯をあげよう。ささやかだが、お前の願いが叶った祝いだ」

サロン中央に置かれた大きな丸テーブルの上には、ジュースや酒の瓶がいくつかと、マドラー、氷の入った容器、軽食をのせた皿などがすでに置いてあった。

そこにルネスが、トレイにのせていた空《から》のグラスを並べていく。

アリウスはルネスにも席に着くよう言うと、テーブルの上のグラスをふたつ手に取り、手慣れた仕草で酒を注ぐ。そして、自分とルネスの前に置く。

「恐れ入ります、旦那さま」

「エリーゼ、お前はこっちだ」

アリウスは、ピッチャーに入っていたオレンジジュースをグラスに注ぎ、エリーゼの前に置く。

「……私だけジュースですか？」

「お前はアルコールに弱いと聞いている」

エリーゼは口を尖らせ、情報源と思われるルネスへ不満そうな視線を向ける。

ルネスはもちろんその視線に気づいているが、ただにこりと微笑み返すだけである。

「もう、お父さまったら、ここは自宅ですよ？　ちょっとくらい酔ったって問題ないじゃないですか。これでは祝杯になりません」

「祝う気持ちでグラスを傾ければ、なんでも祝杯だ」

「むう……でも、どうせなら少しくらいお酒が入ったものが飲みたいです」

「……仕方ないな」

苦笑したアリウスは、先ほど自分のグラスに注いだ酒の瓶を手に取ると、エリーゼのグラスの中にほんの少しだけ、ちょろりと垂らす。そして、マドラーでくるくると軽く回してから、エリーゼに返した。

「ほれ、酒だぞ」

「ほぼジュースですよね？」

「お前はこれで十分だ。文句があるなら、ジュースだけのと取り替えるぞ」

「……わかりました」

（もうお父さまったら、私はもう成人してるのに……）

どうやらオズワルドの一件以来、娘への過保護が発動しているらしいアリウスに、それ以上譲る気配はなく、エリーゼは渋々とそのグラスを手に取る。

「婚約破棄おめでとう、エリーゼ」

アリウスが、酒の入ったグラスを高く掲げた。ルネスとエリーゼもそれに倣う。

「おめでとうございます、お嬢さま」

「ありがとうございます。お父さま、それにルネスも。ようやくホッとできました」

心からうれしそうに笑う娘を見て、アリウスは複雑な表情を浮かべる。

「……すまなかったな。あのときは良縁だと思ったのだが」

富も地位も権力もあるラクスライン公爵家に、政略結婚の必要はない。考慮に入れなければならないとしたら、国内貴族の派閥バランスだけだ。

「……お父さま。全部が全部、悪い思い出ばかりという訳ではないのです。オズワルドの言葉に支えられていた時期も、たしかにありましたもの」

「……そうか。お前がそう言ってくれるなら、少しは救われるよ。私も……あいつも」

アリウスは勢いよくグラスを呷《あお》り、空《から》になったグラスに再度酒を注ぐ。

「ほら、ルネスも飲め」

「はっ、いただきます」

勧められ、ルネスもぐっと酒を呷《あお》る。

長年の付き合いだが、エリーゼはルネスが酒を飲む姿を見るのは初めてだ。なんだか知らない人を見ているみたいで、なんとも不思議な気持ちになる。

アリウスはそれから何杯も酒をおかわりし続け、最後には酔いが回ってテーブルに突っ伏してしまう。呼ばれた執事が肩を貸し、アリウスはふらふらと自室に戻っていく。

それを見送ったエリーゼは、父の姿が見えなくなると、隣に立つルネスのほうを向く。

「ルネス、今までもだけど、今回も本当にありがとう。あなたがいてくれたおかげで、ここまで頑張れたわ」

「いえ、俺は大したことはしていません。あの男が勝手に自滅しただけですから」

「自滅ね。たしかに、それはそうかもしれないけれど、でもルネスはあの夜会でのことを調べてくれたし、前日デートの詳細も掴んでくれた。ほかにもたくさん私のために動いてくれたわ」

「それなら……お役に立ててよかったです」

ルネスが柔らかな笑みを浮かべながらグラスに口をつけようとして——エリーゼが続けた言葉に、ぴしりと動きを止める。

「私はあまり呑気にはしていられないでしょうけどね。なるべく早く次の婚約者を見つけないといけないもの。次はいい人だといいな。また何かあって、二回目の婚約破棄とかになるのは嫌だわ」

「……」

「ルネス？　どうかした？」

返事がないことに気づいたエリーゼは首をかしげ、ルネスを見上げる。

「……お嬢さま」

ルネスは、手にしていたグラスを置き、エリーゼへ体ごと向き直る。

先ほど見せていた柔らかな笑みはすっかりと消え、ひどく真剣な顔をしたルネスがそこにいる。

そして、エリーゼをまっすぐに見つめている。

その澄んだ淡い緑の眼差しは、もうとっくに見慣れたはずなのに、どうしてだろう、まるで初めて目を合わせたかのように、エリーゼの胸がどきりと跳ねた。

「お嬢さまは婿となる相手を選ぶ立場です。選ばれる側ではありません。あの男はそれを勘違いしていましたが、ほかならぬお嬢さまがあの男を望んでいると知っていたから、何も言えなかった。ですが今日、あの男との縁は完全に切れました」

「え、ええ。そうね」

「本当によかったです。本当に……」

ルネスは、くしゃりと表情を崩した。笑い損ねたような、泣き笑いのような、そんな顔。

「……どうか今度は、誠実で優しい男を見つけてください。俺が安心して託せるような、堅実でしっかり者の男を。その幸運な男にお嬢さまをお任せする日が来るまで、専属護衛として俺がお嬢さまのことをお守りしますから」

「……うん。ありがとう」

笑って返事をしようと思ったけれど、ルネスにつられたのか、なんだか上手く笑えなかった。

ルネスの心配を、思いやりを、配慮を、エリーゼは心からうれしいと思う。ルネスは忠実な騎士で、いつだってエリーゼのためを思って動いてくれる人だから。

そう。だから、今の言葉は、とても、とてもルネスらしい。

なのに、どうしてだろう。

いつかルネスがエリーゼを誰かに『任せる』日が来ると言葉にされて、胸がちくりと痛んでしまった。


それから二日後、王都のラクスライン公爵家に、訪問を願う手紙が届く。

差出人はケヴィン・クルルス、キャナリーの兄である。キャナリーの愚かな言動に関して、直接謝罪に伺いたいという内容だ。

婚約破棄の後処理でまだ王都にいるアリウスが対応することになり、それから数日後、大量の詫びの品を持って、ケヴィンは公爵邸に来た。

「このたびは、愚妹が大変なご迷惑をおかけしてしまい、誠に申し訳ありませんでした」

ケヴィンは深々と頭を下げる。

「愚妹は、処遇が決まるまで自室で謹慎させております。父もじきに領地から参りますので、そのときに改めて正式な謝罪をさせていただきます。こちらは我が領地特産の品でございます。愚妹が迷惑をかけた慰謝料とは別に、どうかお納めください」

ケヴィンは今回の婚約破棄について知り、すぐに領地にいる彼の両親に手紙で連絡し、同時にラクスライン公爵家にも訪問を願う手紙を送ったらしい。両親の到着を待つより、まずは一度ひとりだけでも謝罪に訪れるべきと判断したからだ。

「先ほどお詫びの品と申しましたが、急に用立てたもので十分とは言えません。今、とりあえずお見せできる私どもの気持ちとして受け取っていただければと思います」

その言葉や態度からはしっかり礼節や敬意が見て取れて、キャナリーに関する報告書を読んでいたアリウスは、妹との違いに驚きを隠せない。

というのも、クルルス子爵家の教育水準が低いのかと思っていたのだ。しかし、ケヴィンを見る限り、どうやらそうでもなさそうである。妹だけが愚かだったのか、兄だけが賢いのか、あるいはほかに別の理由があるのか。

だが少なくとも、今回の騒動について、ケヴィンが非常に重く受け止めていることは間違いないだろう。

アリウスはキャナリーに関して、オズワルドほどではないが、それなりの怒りを覚えている。その怒りはクルルス子爵家全体に向けていたが、時を置かずに単身で謝罪に訪れた青年を前にして、怒りの対象は子爵家からキャナリー個人へ変わった。

「……詫びの品とやらは受け取っておこう。愚行を犯した君の妹の処遇や慰謝料に関しては、クルルス子爵が王都に到着してから改めて話すということについても了承した」

「恐れ入ります。父が到着次第、公爵さまに連絡させていただきます」

アリウスは、数日前のオズワルドの無様《ぶざま》に泣く姿を今も鮮明に覚えている。彼と同じ年のケヴィンからこうも真摯で潔い態度で謝罪されて、頭の中が少しばかり冷静になった。

「ところでひとつ聞きたいのだが、君は娘の婚約破棄に関して、どこから情報を得たのかね？」

訪問を願う手紙が来た時点から気になっていたことを、アリウスはまず尋ねる。

婚約破棄の手続きを始めて二日目は早すぎる。誰が情報を漏らしたかと構えれば、情報源は意外と言えば意外、だが当然と言われればそうとも言える人物であった。ゴーガン侯爵だ。

侯爵は、婚約破棄騒動の責任はキャナリーにあるとして、クルルス子爵家に抗議文を送りつけ、迷惑料を請求したという。

「それも致し方ないと思っております。オズ……失礼、ゴーガン令息とキャナリーは私を介して知り合いました。領地にいる両親とは違い、私は王都で妹と同じ屋敷に住んでおります。私の監督不行き届きであることは明白です」

「そうか。オズワルドの友人か」

「はい。王立学園で知り合いました。選択科目のいくつかが同じでしたので、そのときに」

「クラスは違っていたと？」

「はい。私は嫡男ですので、婿入り予定の彼とは振り分けられるクラスがそもそも違います」

「ああ、なるほど。では、エリーゼが男だったら、君と同じクラスだったのだな」

「そうですね。女子クラスは校舎が違いますので、残念ながら学園でご息女とお話しする機会はありませんでした。優秀な成績を収められていたと伺っております」

「オズワルドから聞いたのか？」

あのオズワルドがエリーゼを褒めたとは思えず、アリウスは驚いて聞き返す。すると、ケヴィンの表情がわずかに曇る。

「……いいえ。私の婚約者だった令嬢から聞きました。嫡女ではないので、ラクスライン令嬢とは違うクラスでしたが、成績の順位は廊下に貼りだされますので、そこでお名前を拝見したようです」

「婚約者だったとは？」

「……事故で一年前に亡くなりました。崖崩れに巻きこまれたのです」

アリウスは小さく息を呑む。貴族の死亡者が出た崖崩れの事故は、記憶に新しい。

「……もしかして、婚約者だったご令嬢とは、アルド家の……？」

「ご存知でしたか」

「大きな事故だったからな。……すまない。立ち入ったことを聞いた」

目を伏せるアリウスに、ケヴィンは控えめな微苦笑を浮かべる。

「いえ。こちらこそ気を遣わせてしまい、申し訳ありません」

終始、恐縮する態度のまま、ケヴィンはラクスライン公爵家を辞し、六日後に彼の父クルルス子爵がまもなく王都に到着する知らせを送ってきた。

ついては可能ならばその二日後に、改めて謝罪およびキャナリーの処遇、慰謝料について話し合うために、ラクスライン公爵家を訪問したい旨も綴られていた。

「このたびは、愚女が大変なご迷惑をご息女におかけしてしまい、誠に申し訳ありませんでした」

八日前とよく似た言葉を聞きながら、ラクスライン公爵家当主アリウスは、目の前で頭を下げるふたつのオレンジ色の頭を眺める。ひとつはクルルス子爵で、もうひとつはケヴィンだ。

似たもの親子だな、とその場にそぐわないことを思ってしまったのは、目の前で同じ姿勢を取る親子の容姿がそっくりだったからだ。

年齢の違いによる外見の差異はあるものの、見てすぐに親子とわかる。報告書にあったキャナリーの容姿の特徴とは異なるから、そちらは母親似なのだろう。

「娘は貴族籍から抜き、放逐することにしました。二度とご息女に迷惑をおかけしないよう王都から遠く離れた場所に追放します。追放地点まで、見届け人としてケヴィンを同行させます」

一気に述べた子爵は、そこでひと息つくと、「慰謝料に関しましては」と続ける。

ケヴィンが心得たように手元の鞄《かばん》から書類を取り出し、アリウスの前に進み出る。

「公爵さま。こちらは、クルルス子爵家からの慰謝料の詳細について記載したものでございます。どうぞご確認ください」

アリウスは内容を確認して「ほう」と声を漏らす。

クルルス子爵家は、領地の特産品である絹を自家所有の商会で販売している。絹糸、絹織物、そしてそれらを使用した小物や服など、絹製品の種類は幅広く、それぞれを専門に制作もしくは販売する傘下の店数もかなりの数だ。

前回のケヴィンひとりでの謝罪の際、持参した詫びの品々もすべて絹製品だった。特にさまざまな色を取り揃えた刺繍《ししゅう》糸のセットは、エリーゼが喜んですぐに自室に持っていったくらい好評だ。

つまり、自領の特産品を使って幅広く商売しているクルルス家は、かなりの資産家なのである。

その家が自発的に差し出す慰謝料とは、どれほどになるだろうか。

差し出された書類に目を落とすアリウスを、子爵は顔色を窺うように見上げる。

「絹糸と絹の服地を、今から五代にわたって仕切り価格で提供、加えて金銭での慰謝料の支払いもする、と」

「……いかがでございましょうか？　処罰に関しましては、もし愚妹の追放で足りないとお感じでしたら、私の廃嫡、除籍を加えてもようございます。父は領地におりましたが、私は愚妹と共にタウンハウスにいたのです。愚妹の監督不行き届きを咎められても仕方がございません」

ケヴィンの言葉に、アリウスは書類に落としていた視線を上げる。

「子爵家はどうする？　君は嫡男だろう」

「四つ下に弟がおります。まだ学園入学前ですから、嫡子クラスへの変更申請も容易です。少し苦労はするでしょうが、努力を続ければ二十歳までには領主としての基本的な知識は身につくでしょう」

アリウスは書類を膝に置き、目線だけを動かしてクルルス親子を見比べる。

自らの処罰について言及しているとは思えないほどケヴィンは落ち着いているが、子爵は青い顔で冷や汗を流しながら返答を待っている。

どうやらはったりで口にしたのではなさそうだと判断し、にやりと笑って手を振った。

「令息の詫びは今のところ不要だ」

「ありがとうございます」

「あ、ありがとうございます……っ」

淡々と礼を述べたケヴィンと比べ、子爵は明らかに安堵した様子だ。

「では早速書面を作らせる」

待機していた公証人がその場に呼ばれ、すぐに正式な書面が作成され、サインが取り交わされる。

「これで、我がラクスライン公爵家はクルルス子爵家の絹を仕切り値で入手できるようになった。

クルルス子爵は、公爵家がこれを使って独自に商売を始めるとは思わないのか？」

「もちろん想定しております。ですが、慰謝料をすべて現金で支払うとなると、二家ですのでさすがに負担が大きく、今代で没落するよりは、と思い、このような提案になりました」

「ああ、君の息子から聞いている。ケスラーが子爵家に損害賠償を請求したのだろう？　私に言わせれば、君のところの娘より、オズワルドの責のほうが大きいのだがな」

実際、キャナリーが現れる前に一度、オズワルドとの婚約解消の話が出ているのだ。ゴーガン侯爵家のごり押しで、そのときは成立しなかっただけで。

「すべては妹の愚行と、それを止められなかった私の至らなさゆえです。妹が大人しくしていれば、ゴーガン令息は今もご息女の婚約者でいられたでしょう。侯爵家の怒りももっともです」

アリウスは顎《あご》を撫でながら考える。そう言われてしまうと、オズワルドのやらかしを手放しで喜んだ身としては、少しばかり子爵家が気の毒に思えてしまう。

派閥内で波風を立てることなく婚約を破棄できたのは、オズワルドに明確な非があったからだ。

しかも、婚約解消ではなく婚約破棄。相手有責で慰謝料付きである。

エリーゼに嫌な思いをさせたから、とアリウスの中でキャナリーは処罰対象者になっていたが、見方によっては婚約破棄の功労者でもある。

それに、アリウスとしては、ゴーガン侯爵家の対応には少々思うところがあるのだ。

婚約破棄の手続きをしたとき、慰謝料の話はしたが、オズワルドの処遇については後ほどということになってそのときは終わり、それから報告が来ていない。

なのに、さっさとクルルス子爵家に迷惑料を請求する手紙を送りつける辺り、エリーゼとの婚約破棄をオズワルドの罰としている節もある。なにしろあの侯爵夫妻は末子のオズワルドに甘いのだ。

「少しつついてみるか」

今後五代にわたって高品質の絹糸と服地を仕切り値で売ってくれるとなれば、子爵家が没落するのはラクスライン公爵家の後々の損になる。アリウスの中でクルルス子爵家が処罰対象から完全に外れた瞬間であった。

対して、オズワルドに関してはまだ怒りが収まらない。アリウスは、さてどうしてやろうと考えながら、書面にサインをした。

◇◇◇

「お嬢さま。クルルス令息から贈り物が届きました」

「あら、また？」

侍女がリボンのついた箱を抱えてエリーゼの部屋に入ってきて、テーブルの上に静かにのせる。

「もう謝罪はいいと何度も言ってるのに、律義な方ね」

「今日はなんでしょうね。お嬢さま、開けて確認してもよろしいですか」

「ええ、お願い」

許可を得た侍女は、箱にかけられていたリボンをほどき、包紙を丁寧に開けていく。そしてゆっくりと蓋《ふた》を外し中をのぞくと、うれしそうにエリーゼに振り返る。

「絹の生地でございます。薄緑と水色と薄紫の三色の布がこんなにたくさん。こんな上等の生地が手に入ったと聞いたら、縫製職人が大喜びで飛んできますよ」

「私にも見せて。まあ、本当だわ。きれいな色ね」

――特に、この薄い緑色はルネスの瞳みたいだわ……

そんな、今までは簡単に口に出せた言葉が、なぜか恥ずかしく感じられ、エリーゼは口を噤む。

「お嬢さま？　どうかなさいましたか？」

「……ううん。なんでもないわ」

結局、口には出せないまま、エリーゼはそれを心の中だけのつぶやきとした。


エリーゼとオズワルドが婚約を破棄してから二か月ほどが経った。

アリウスが公爵家当主としてクルルス子爵家の謝罪を正式に受け入れたにもかかわらず、ケヴィンはそれ以降も、たびたびエリーゼに詫びの品を送ってきていた。

謝罪の手紙も何度か受け取り、誠意を感じたエリーゼは手紙を通して謝罪を受け入れる旨を伝えている。

そんなふうに交流はしているが、エリーゼはまだケヴィンに直接会ったことはない。実は彼の顔も知らないのだ。

貴族年鑑は、当主だけは名前と絵姿を載せているが、その家族に関しては名前のみの記載だから、顔を合わせる機会は社交の場が主となる。

だが、残念ながらエリーゼは、ついこの間までオズワルドの意向に従って社交を控えていた身だ。実際に爵位を継ぐのはまだまだ先だが、よくこの事態に危機感を覚えなかったものだと、今さらながら過去の自分の価値観のズレっぷりに呆れてしまう。

(すべてがオズワルド基準だったものね。オズワルドが喜ぶか、嫌がるか、その二択で全部を判断してた。あの日の夜会で目が覚めてよかったわ)

今、エリーゼからそんなふうに思われているオズワルドは、実は婚約破棄後、すぐにエリーゼに復縁を願う手紙を書いて寄越している。

エリーゼは読んで早々、拒否反応が出て、途中で読むのを止めた。返事はただひと言、『ありえません』と書いて送ったが、オズワルドはまったく懲りていないようで、今も頻繁に手紙が送られてくる。

もっとも、一通目以外はすべてアリウスのところでストップしているため、それがエリーゼのもとに届くことは二度とない。

また、オズワルドの処遇に関しては領地の離れに蟄居《ちっきょ》という形で落ち着いた。

比較的緩い罰なのは、アリウスとの交渉の結果であった。

アリウスは、ゴーガン侯爵家がクルルス子爵家に迷惑料とキャナリーの処罰を求めた以上、ラクスライン公爵家は最低でもそれと同等の処罰をオズワルドに望む権利があると詰め寄ったのだ。

なんだかんだとオズワルドに甘いゴーガン侯爵夫妻は除籍、まして馬車でどこかにオズワルドを置き去りにするなど、とてもできない。

それで、キャナリーの罰を軽くする代わりに、オズワルドの罰もまた軽くしようとしたのだが、今度は子爵家がこれを拒否した。すでに見限った娘の処罰を軽くするより、賠償金額を軽くしたいというのがその理由だ。

結果、オズワルドを領地内蟄居《ちっきょ》とする代わりに、子爵家から侯爵家への賠償金額を大幅に減らしたのだった。

蟄居《ちっきょ》中のオズワルドがエリーゼにこまめに手紙を書いて寄越すのはいただけないが、手紙を握り潰せば済む話なので、アリウスも黙認している。書いても書いても返事が来ないというのも、それはそれで罰になりそうだと判断したからだ。


公爵家と子爵家が話し合いをした数日後、キャナリーは馬車に乗ってどこかに連れていかれた。

ケヴィンからの謝罪文の中に報告として書かれていたため、キャナリーの処遇についてエリーゼも知っている。正直、この顛末にはかなり驚いた。

エリーゼのことが好きだと言いながら、その前日にキャナリーとのデートを繰り返していたオズワルド。そこまで惚れこんでいるのだから、てっきりキャナリーと結婚するものと思っていた。

だが、エリーゼが公爵家だから、オレは侯爵家だから、と口にする人が爵位にこだわらない訳がない。

オズワルドとキャナリーは貴族の家の子、しかし跡取りでないふたりは結婚したら平民になる。

『キャナリーとなんてありえない』とオズワルドが言ったのは、そういう意味もあったのだろうか。

だからこそオズワルドは、エリーゼとの結婚にこだわったのだろう。公爵家の人間になれるから、と。

そこまで考えて、エリーゼはふと、それならばこの先新しく婚約者になる人も、オズワルドのように爵位目当てなのだろうか、と不安になり、次の婚約者を決めるのが怖くなってしまった。

（私をひとりの人間として見てくれて、夫婦として互いに信頼と敬意を深めていけるような、そんな相手を夫に望むのは過分なことなのかしら）

爵位抜きで考えるなんて、実際的ではないし、難しいことかもしれない。

けれど、爵位より身分より、当人を見てほしいという願いは、ありえないものだとは思わない。

だって、妻となる人に誠心誠意尽くすであろう人物を、エリーゼは少なくともひとり知っている。

強くて優しくて、仕事に真面目で、気遣いができて、誰よりも美しい青年を。

（そうね。ルネスみたいなひとだったら安心だわ）

そう、ルネスみたいなひと。――決してルネス当人ではない。

だって、彼は嫡男で、そしてなにより、ほかに想う女性がいるのだから。

それからさらに一か月。オズワルドとの婚約破棄から三か月ほどが経っても、まだ新たな婚約者について父からの話はない。

（私の次の縁談って、どうなっているのかしら……）

エリーゼは、そんな疑問を頭に浮かべては、ヤキモキする日々を送っている。

嫡男であるならば、結婚の時期が早かろうと遅かろうとさほど問題にはならない。

だが、嫡女は早めの結婚が通例だ。

理由はもちろん、後継者問題である。女性が妊娠、出産できる年齢には限りがあるからだ。

男当主であれば、なんらかの事情で妻に子が産まれなくても、第二夫人や妾《めかけ》が産んだ子を後継者の座に据えることが可能だが、女当主の場合はそうはいかない。当主自身が産んだ子でなくてはいけない。もし、婿がよそで作った子を後継者にしようものなら、家の乗っ取りで厳罰に処されることになる。

ただ、婿が親族など同じ家系の者であるならば話は変わり、女当主が子を産めなかった場合でも、夫の血を継ぐ子で家を存続させることができるのだ。

しかし、それはそれで別の問題を生む可能性がある。婿が女当主との間に意図的に子を作らず、別の女との間に生まれた子を後継者に据えた例が、過去に何件か起きていた。

さらに、この国の結婚適齢期は十八から二十歳。二十二歳までなら結婚相手が見つかる可能性はまだ残っているが、当然ながら条件はどんどん悪くなっていく。

だからすでに十八歳のエリーゼは少々焦っているのだが、次の婚約に関して何度アリウスに相談しても、すました顔で選定中と言われて終わってしまう。

現公爵家当主のアリウスは非常に多忙だ。特に今回は、本来ならば次の社交シーズンまで領地にいるところを、婚約破棄の話し合いで王都に来たまま、帰らずじまいでここにいる。

それを知っているエリーゼとしては、自分のことでそう何度も聞きに行くのは憚《はばか》られた。

どちらにせよ、そろそろ秋の社交シーズンが始まるため、シーズンの終わりまではこのままタウンハウスに滞在することになるだろう。その間に話ができればと、エリーゼは思っている。

だがしかし、この社交シーズンがまた問題なのだ。

せっかくこれから社交を頑張ろうと決意したというのに、エリーゼには今、パートナーがいないのである。


「むむ……」

そんなエリーゼの悩みを知らない訳ではないアリウスは、いくつかの書類を前に難しい顔で唸っている。エリーゼの次の婚約のこともあるが、それ以外にも、いろいろと対処しなければいけない問題が報告されたからだ。

しばし唸り続けたあと、アリウスはベルを鳴らし、ルネスを呼ぶように言いつける。

「旦那さま、お呼びでしょうか」

しばらくして、執事の言伝《ことづて》を聞いたルネスが、アリウスの執務室に現れる。

「ああ、ルネス。そこに座ってくれ。話がある」

アリウスはルネスの対面のソファに座ると、執事にお茶の用意をさせ、人払いを命じる。

「もうひとり呼んでいるから、あとからここに来るはずだ。だがその前に、お前に話しておくことがあってね」

「俺にできることでしたら、なんでもお申しつけください」

姿勢を正して答えるルネスに、アリウスは満足そうにうなずく。

「実はね、秋の社交シーズンでのエリーゼの相手を、お前に頼みたいんだ」

「……はい？」

「少々気がかりなことがあるんだ。ルネス、お前にはパートナーとして、エリーゼの側にずっと付いていてもらいたい。護衛だと入り口待機になってしまうからな」

「お嬢さまのパートナー……大変光栄な役目ですが、旦那さまのお話からすると、社交の場でお嬢さまに危険が及ぶ可能性があるということでしょうか。それで、護衛の俺が自然な形でお嬢さまの側にいられるようパートナーとして付く……とそういうことでしょうか」

「ああ、まあ、それもあるがな」

アリウスの、それも、という言葉に、ルネスはさらに重要な情報があると気を引き締める。

「ルネス」

「はい」

ルネスはごくりと唾を呑み、じっとアリウスの言葉の続きを待つ。

エリーゼに危険が迫っているならば、護衛騎士として最善を尽くさねばならない、そう心の中で決意を固めながら、これから下される命令を聞き漏らすまいと耳を澄ませる。

——だが。

「お前、エリーゼと結婚しないか？」

「…………………は？」

予想外の言葉を投げかけられ、ルネスはたっぷり間を取って問い返す。だが、アリウスはそれを気にする様子もなく再度問いかける。

「エリーゼと結婚しないか？」

「……」

「エリーゼの夫にならないか？」

「……」

「なあ、エリーゼと結婚式を……」

「……旦那さま、ちゃんと聞こえております。それに何度も言い換えなくても、意味はちゃんと把握しております」

ルネスは、そう答えながら指で眉間を揉み解す。

「そうか。なら、結婚するでいいな？」

「は？　ちょっ、何を言ってるんですか、無理に決まってるでしょう！」

がばっと顔を上げたルネスは、驚愕の表情で声を張り上げるが、アリウスは気にしない。むしろ両手を広げ、不思議そうに首をかしげる。

「なぜ無理なんだ？　ああそうか。エリーゼが言っていたもんな。お前にはほかに好いた女がいるって」

「っ、ち……っ違います！」

ルネスは思わず叫ぶ。

「ほかに好きな女なんかいません！　俺が好きなのはエリーゼお嬢さまなんですから！」

「やっぱりな」

アリウスがにやりと笑う。

きっぱりと言い切ってから我に返ったルネスは、あ、と口を押さえた。続いて、じわじわと顔全体が赤くなっていく。

アリウスは、やれやれと首を横に振る。

「なら問題ないではないか。ルネスならば、エリーゼの相手としてなんの不満も心配もない。エリーゼだって、相手がお前と聞けば安心するだろう」

「……そんな、ことはありません。そもそも俺は嫡子ですし……それに」

ルネスは一度口を噤み、しばしの逡巡のあと続ける。

「……お嬢さまにとって、俺はただの護衛でしかありませんから」

「ただの護衛って、それはお前……」

だが、会話はそこで遮られる。扉をノックする音がして、執事長マシューの声がしたからだ。

「ああ来たか。通してくれ」

アリウスの言葉に、先ほど彼が言っていた『あとから来るもうひとり』が到着したのだとルネスは察し、姿勢を正す。

だが入室した人物を見て、ルネスは驚き、目を見開く。

その人物が、ケヴィンだったからだ。

ケヴィンもまた、一瞬、足を止め、驚いた表情になる。ルネスがいたのは意外だったのだろう。

しかも、アリウスとルネスのふたりだけ。

人払いをしていたのは明らかだ。

妙に緊張していた室内の雰囲気は、新たにひとり入室したところで、そう簡単に変わらない。

だが、足を止めていたケヴィンは、すぐに表情を切り替え、にこやかな笑みを浮かべてアリウスたちに向かって一礼する。

「ケヴィン、急に呼びつけてすまなかったな」

「いえ。折り入って話があるとのことで、急ぎまかりこしました」

「まあ、座りたまえ。そこの……ルネスの隣でいい。マシュー、茶をケヴィンに用意したら下がってくれ」

その後、今度は三人きりとなった室内で、まず口を開いたのはアリウスだった。

「ケヴィン、ルネスのことは知っているな？」

「言葉を交わしたことはございませんが、お名前は存じ上げております。伯爵令息で、エリーゼ嬢の専属護衛騎士の方ですよね」

「そうだ。そしてルネスは今年の秋の社交から、エリーゼのパートナーを務める。まあ、恋人役だな。これから、夜会などでエリーゼに集《たか》ってくるうるさい虫を追い払わせる」

「……失礼ですが、どうしてその話を部外者である私になさるのでしょう？」

ケヴィンの問いに、アリウスはにやりと笑う。

「部外者だからだよ。社交界では、君はラクスライン公爵家《うち》とは微妙な関係にあると思われているだろう？　だから、君には影の協力者になってもらおうと思ってな。君は私に借りがあるからね」

「……承知しました」

「よし、決まりだ」

アリウスは、機嫌よく手を一度打つと、ルネスへ視線を移す。

「じゃあ、ふたりの顔合わせが済んだから、ルネスのほうはもう戻っていいぞ」

「え？」

「ケヴィンはこのまま残ってくれ。君にはまだほかに話したいことがある」

「……わかりました」

アリウスがこれからケヴィンに何を話すのか、ルネスとしては非常に気になるところであるが、戻るように指示されてはどうしようもない。

「失礼します」

「ああ、ご苦労だった」

立ち上がり、部屋の外へと出ていくルネスの後ろで扉が閉まった。

◇◇◇

（なんだか不思議な気分ね。ルネスと夜会に出席するなんて……）

パートナーの件をエリーゼが父から聞いて知ったのは、今から二週間ほど前である。

ルネスに代役を頼むのは、エリーゼにまだ次の婚約者が決まっていないから。言い方を変えれば、エリーゼに縁談が来ていないから。

そう考えると少々複雑な気分になるが、十八という年齢では、すぐに条件の合う結婚相手を見つけるのは難しいというのは事実である。

家柄や派閥の問題もあるが、それを別にしても、たとえば相手に結婚歴があるとか、家に借金があるとか、学園での成績が悪いとか、素行に難があるとか、どこかしら問題がある人物が多いのだ。きっとアリウスは、これから国外の貴族家も視野に入れることになるだろう。

『それまでルネスにパートナーを頼むことにしたから』

アリウスからそう告げられたとき、エリーゼは正直、ほっとした。夜会ではひとりでも頑張らなくては、と自分に圧をかけていたからだ。それにルネスならば安心だ。

――そう思っていたはずなのに、なぜかそれ以降、ふわふわというか、そわそわというか、とにかくなんとも奇妙な気分になってしまう。

ルネスがパートナーというのが、妙にむずむずして落ち着かないのだ。

ルネスと夜会に行くのは別に珍しいことではないし、むしろ、これまで出席した数少ない夜会はすべて彼と行っている。ただし、それは護衛対象の令嬢と護衛騎士としてであるけれど。

(ルネスと馬車に一緒に乗って、到着しても入り口で別れなくて、そのままエスコートされるのよね……?)

何度も頭の中で想像してみるが、やっぱり不思議でしかない。

決して嫌とか、そういうのではなかった。

ルネスにされて嫌なことなどあるはずがない。

ただ慣れなくて、これまでと違うのがどうにもくすぐったくて、とにかく落ち着かない。

つまり恥ずかしいのである。

しかも、そう、しかもである。

(どうしてこの色のドレスなのよ?)

夜会の数日前になって、アリウスが手配した夜会用のドレスが屋敷に届き、エリーゼはぶるぶると震えてしまう。

ドレスの色が淡い緑——ルネスの瞳の色だったから。

(……わかっているのよ、お父さまに他意はないって。だってこれって、ケヴィン令息がお詫びで送ってくださった生地だもの。お父さまが選んだのが、偶然この色だっただけなのよ。そう、わかってるわ。わかってるの)

だがしかし。

されどそれでも。

気恥ずかしいものは気恥ずかしいのである。

夜会当日、エリーゼはこのドレスを着て、ルネスの隣に立つのだ。自己肯定感のリハビリ中のエリーゼが、いい方向に捉えられる訳がない。

(ルネスは、これはお父さまが用意したドレスだって知っているわよね？　まさか、変な勘違い女とかって思われないわよね？)

悩んだからといって色が変わることはない。

いや、そもそも色を変えたいと思っている訳ではないのだ。

そうしてエリーゼは、考えても栓ないことを、ただぐるぐると夜会当日まで悩み続けるのであった。


「ど、どうかし、ら……？」

さて、夜会の当日。

迎えに来たルネスの前で、淡い緑色のドレスを着たエリーゼは、ゆっくりとその場で回ってみせたあと、おずおずと尋ねた。

首元はスクエアカットで、ウエストはキュッと絞られ、裾に向かってふんわりと広がっていく。

清楚で可憐なデザインがよく似合う、と侍女たちは言ってくれたが、エリーゼは今ひとつ自信が持てない。

どうかしらと尋ね、胸をどきどきさせながら、答えを待つ。ルネスに限って万が一にもないと思うが、ここで否定的な言葉を口にされたら、泣く自信がある。

(社交辞令ってわかってるから、妙な誤解なんてしないから、だからせめて、ダメだしはしないで……)

「……」

けれど、なんということだろう。

勇気を出して感想を聞いたというのに、返ってきたのはまさかの無言。

ああやっぱり、と、エリーゼの首がかくりとうなだれた、そのとき。

「……もの、すごく、似合ってます。……その、びっくりするくらい、きれいで、まるで、新緑の妖精のよう、です。きれいすぎて、一瞬、頭が、真っ白になりました。本当に、美しい」

つぶやくように小さな、しかもなぜか片言《かたこと》の声が、頭上から聞こえてきた……気がする。

エリーゼは空耳を疑いながら顔を上げ、ルネスが顔中、いや耳まで真っ赤に染めているのを見て固まった。

「っ、あ、ありが、とう……?」

あまりに驚いて、エリーゼのお礼の言葉は疑問形になってしまう。

だがルネス色のドレスをまとっていることに引いていない様子にひとまず安堵する。

しかも、似合っていると褒め言葉までもらえた。

おかげで、ひとまず極限の緊張状態から抜け出せた。

そして、いざ落ち着きを取り戻せば、ルネスの麗しい正装姿が目にしっかりと映りこむ。

真っ白のドレスシャツに限りなく黒に近い濃紺の礼服は、漆黒の髪のルネスによく映える。

さらに、袖や襟元に入れられた細やかな蔓草《つるくさ》の刺繍《ししゅう》は白のように見えるが、よく見ると淡い紫である。エリーゼの髪の色だ。

ポケットチーフも同じ色。エリーゼのパートナーであることを示す証のようで、自然と口元が綻んでしまう。

（わあ……知っていたけれど、知っていたけれど、ルネスって本当に……）

「……礼服もすごく似合うのね……普段の騎士服も格好よくて素敵だけれど、今夜のルネスは素敵すぎね。まるで王子さまみたいに格好いいわ……」

緊張が解けたあとで、すっかり気が緩んでいたのか。

それとも、ルネス相手でまったく構えていなかったせいなのか。

言い訳はともかく、気がつけば、思ったことがいつの間にかするすると言葉になってしまっていた。

「っ、あ、ありがとうございます……」

今度は首まで赤くなったルネスを見て、エリーゼはようやく、思っていたことを口に出していたと気づき、こちらもまた頬を染める。

それからは、ふたり揃ってもじもじもじもじ。これから夜会だというのに、エントランスに向かい合って突っ立ったまま、なかなか出発しない。

そんなふたりを、侍女たちは生ぬるい視線で見守るのであった。

◇◇◇

エヴァンゲル王国の社交シーズンは、春先と秋口の年に二回で、期間は二か月ほど。

議会の招集に続く形で始まるのが春で、初日をデビュタントボールで飾るのが秋になる。

今日は、秋の社交初日。今年デビュタントを迎える令嬢たちが、初々しい白のドレス姿で、そわそわしながら国王からの開会宣言を待っている。

普段の夜会会場では着ることがない白のドレスは、会場のどこにいても目立つ。まあ、今夜の主役なのだから当然ではあるのだが。

だが、今夜はなぜかもうひとり、白のドレスを着ている訳でもないのに、やたらと出席者の視線を集めている令嬢がいた。

そう、エリーゼである。

彼女がまとう淡く明るい緑色のドレスには、見るからに最高級の品とわかる、光沢のある絹が使用されている。たとえエリーゼを知らぬ人が見たとしても、彼女が裕福で高貴な家の令嬢だとすぐにわかるだろう。

だが、それがエリーゼに注目が集まっている理由ではない。

いや、これまでずっと地味な装いばかりしていたのだから、それも理由のひとつではある。

けれど一番には、つい三か月ほど前に王都中に話題……もとい醜聞を撒き散らした人物が、エリーゼの元婚約者であるという事実が大きい。

そして二番目の理由は、普段は滅多に社交の場に現れないと噂の、麗しの騎士ルネスが、エリーゼのパートナーとして現れたことだろう。

(あちこちから、やたらと鋭い視線を感じるわ……視線で穴が空いてしまいそう……)

これから社交を頑張ろうと心に決めて出席したエリーゼであるが、全方向からの刺さるような視線に、すでにちょっとくじけそうである。

(しっかりしないと。そろそろ、あの人が声をかけてくる時間……)

「……はじめまして。エリーゼ・ラクスライン公爵令嬢」

(来た……って、あら？　この声、どこかで聞いたことがあるような……)

予定通りのタイミングでかけられた声に、ふと聞き覚えがあるような気がしたものの、目の前に立つオレンジ色の髪の青年を見て、すぐに頭を切り替える。

(この人が……)

エリーゼと視線が合うと、青年はさらに一歩踏み出し、深く深く頭を下げる。

「お初にお目にかかります、ラクスライン令嬢。ケヴィン・クルルスと申します」

――クルルスだぞ。クルルスですって。

遠まきにしていた者たちから、ざわめきが起こる。

オズワルドと並んで醜聞の中心となった令嬢の家名は、すでに社交界に広く知れ渡っているようだ。

筆頭公爵家の婚約を壊した子爵家の息子が、何を言いに来たのか。

娘は除籍の上、放逐されたのだろう？

苦情か、それとも陳情か。あるいは温情を乞うつもりか。

そんな周囲のざわめきに戸惑う様子もなく、ケヴィンは深く頭を下げたままで言葉を続ける。

「ずっと、ラクスライン令嬢に直接お詫びを申し上げる機会を願っておりました。愚妹が多大なる迷惑をおかけしてしまったこと、大変申し訳なく思っております。本当にすみませんでした」

「クルルス令息、父も私も、もう謝罪は十分にいただきましたわ。どうぞ頭をお上げください」

「ですが」

「本当によろしいのよ。私、ゴーガン令息と婚約を破棄できてよかったと、心から思っておりますの。そういう意味では、むしろ妹さんに感謝したいくらいですわ」

エリーゼの発言に、聞き耳を立てていた周囲が再びざわめく。

「寛大なお言葉に感謝いたします。実は、父は到着が遅れておりまして。後ほど、改めて父とご挨拶に向かわせていただきます」

「ええ。私の父も、クルルス産の絹の件で子爵と話したいと言ってましたわ。そういえば、今日のこのドレスも、以前に令息からいただいた絹で仕立てましたの。私はとても気に入っているのですけれど、どうかしら？」

ケヴィンは一瞬、目を見開いた。予定では、父親同士があとで会う、とみんなの前で話したところで会話を終えるはずだったからだ。

最後にドレスの話を付け加えたのは、これまでの会話で少し余裕を取り戻したエリーゼのほんの悪戯心だ。もちろん、純粋に絹織物のお礼が言いたかったという気持ちもある。

ケヴィンはすぐに表情を戻し、何事もなかったように続ける。

「大変よくお似合いです。お姿を拝見したときは、美の女神が地上に舞い降りたかと錯覚したくらいです」

（び、美の女神……）

自分が振った話題とはいえ、あまりに過分な褒め言葉を返され、褒められ慣れていないエリーゼはくらっとしてしまう。

そんなエリーゼを見て、ケヴィンは視線を隣のルネスに向ける。

「本日エスコートをなさっているそちらの幸運な方も、ラクスライン令嬢のお美しい姿を、きっとお喜びになったのではないでしょうか」

「……へ？」

淑女らしからぬ声が、エリーゼの口から漏れた。

（どうしてここでルネスが……？）

会話の筋書きを先に変えたのはエリーゼだが、もうこれ以上の会話はないはず。

「あ、ああ」

予定にない会話と振りに、一拍遅れてルネスが相槌を打つ。

「俺も、いいと思う。……特に、色がいい。よく似合っている」

「……っ」

エリーゼは言葉に詰まる。だって、今日のドレスは。

（ルネスの、瞳の色……）

エリーゼは、たちまちポンッと赤くなる。

ルネスも、自分で言っておいて赤面している。

被害者であるラクスライン公爵令嬢と、加害者側であるクルルス子爵家令息。ふたりの予想外に友好的な会話と、地味令嬢と思われていたエリーゼの美しく可憐なドレス姿。加えて、普段は滅多に夜会に現れないルネス・マッケンローの正装姿と赤面した顔である。

遠まきに見ていた周囲の令嬢や夫人たちは黄色い悲鳴を上げ、令息や紳士たちは状況把握をせねばと気を引き締める。

結果、夜会の間中、エリーゼとルネスはずっと人に囲まれることになるのであった。


「おお、帰ったか、ルネス。今夜はずいぶんと注目を集めていたな」

無事に秋の社交初日を終え、ラクスライン公爵家のタウンハウスに戻ってきたルネスは、エリーゼを部屋まで送り届けたあと、報告のためにアリウスのもとへ向かう。

「いやぁ、きれいに着飾ったエリーゼを見て、驚愕する者たちの顔を見るのは愉快だった。それに、ルネス狙いの令嬢たちの視線もすさまじくて笑えたし、ケヴィンがエリーゼに話しかけたときはみんな息を呑んでたな。三人ばかりに注目が行ってしまったから、今年デビューの令嬢方とその親に悪いことをしたと申し訳なく思ってしまったぞ」

ちっとも申し訳なさそうに話すアリウスは、ニヤニヤと――こう言ってはなんだが、少々人の悪い笑みを浮かべている。

そんなアリウスの軽口をルネスは聞き流し、早速、今夜の報告に入る。

「ご指示通り、今日お嬢さまに不埒《ふらち》な目的を持って接触を試みた令息は、私がすべて追い払っておきました。家格は男爵家から侯爵家までとさまざまです。ただ、旦那さまが特に注意するようおっしゃっていた人物は……」

「ああ、私も遠くから見ていたよ。今夜は近づいてこなかったな」

それからアリウスは少し思案したあと、執務机から一枚の紙を取り出してルネスに渡す。

「とりあえず、寄ってきた令息らの名前をここに記しておいてくれ。私の記憶と相違ないか確認してから、今後の対応を考える」

「かしこまりました。……あの、旦那さま。彼らはみんな、お嬢さまに釣り書きを送ってきた者たちなのですか？」

ペンを取りながらルネスが尋ねると、アリウスは軽く肩をすくめる。

「いや、全員ではないな。今日寄ってきた連中の中には、婚約者持ちもいたし」

――ベキッ。

いい音がしたのは、ルネスが名前を書きだすのに手にしていたペンからだ。ちょうど真ん中あたりで、ぐしゃりと折れている。

「おい、ルネス。私のペンを勝手に壊すな」

「……すみません、つい指に力が入ってしまいました」

名前をいくつか書き出していた紙は、折れたペンからこぼれ出たインクで真っ黒に染まる。

アリウスが渋々と新しい紙とペンを渡すと、ルネスは無言で名前を書き連ねていき、今度は無事に提出した。

受け取った紙をテーブルの傍らに置きながら、それにしても、とアリウスが口を開く。

「三か月も経ったというのに、ケヴィンの登場はなかなかの注目度だったな。あれだけ人の目がある中で和解をアピールできれば十分だ。今後、ケヴィンがエリーゼの周りを多少うろちょろしたとしても、さほどの騒ぎにはならないだろう」

アリウスの言葉に、ルネスがじと目になる。

「……うろちょろさせるおつもりなのですか」

「あいつにはあいつの役目があるからな」

「……それがなんの役目かお聞きしても？」

「前に会わせたときに、協力者と言っただろう？　お前の手の届かないところや、ひとりでは手が回らないときのサポート役とでも考えておけばいい」

納得しきれてはいないが、主人であるアリウスにこれ以上もの申せるはずもない。

ルネスは小さく息を吐き、口を開いた。

「……わかりました。ですが、最後にもうひとつだけお聞かせください。なぜ、彼を協力者に？」

アリウスは、にやりと笑う。

「あれは策を練るのが得意だからだよ。引き入れて損はない男だ」

ルネスは思わず渋面になる。

ケヴィンとは、そう多くはないが言葉を交わし、常識を備えた人物であることは理解した。

だが、あのオズワルドの学友で、あのキャナリーの実兄。つまりは、大切な主人であるエリーゼを傷つけた者たちに、非常に近しい訳で。

ルネスからしたら、たとえ当人に非がなくても、全力で遠ざけたいと思ってしまう人物なのだ。

しかし、アリウスがこちら側に引き入れると言うならば、家臣であるルネスは従うしかない。

ルネスは、心の中の形にならないもやもやを呑みこんで、その場をあとにした。

――このときのアリウスの慧眼に、後にルネスは感服することになる。

第三章　平穏は未だ遠く

心機一転、これまではオズワルドに忖度して控えていた社交をこの秋から頑張ろうとエリーゼが決意して一か月。

ルネスをパートナーに、エリーゼは茶会やパーティーに積極的に参加していた。

最初は、同じ家門の令嬢たちとの細々とした交流から始めた。

王立学園にいたとき、女子クラスの成績優秀者として名前を貼り出されていたエリーゼは、それなりに有名人だったようで、ずっと話してみたかったと言ってくれる令嬢たちも現れた。

令息たちもときどき近づいてくることはあったが、なぜかいつもルネス（とケヴィン）が追い払ってしまうため、言葉を交わす機会はない。

だが令嬢方、それから夫人方との交流は、ゆっくりとではあるが広がりつつある。

こうして、ささやかながら人脈らしきものが、エリーゼにも出来始めたのだった。

とはいえ、すべて順調とは言えない。

エリーゼを「婚約者に浮気された女」とバカにする者、「浮気者をきっぱり切り捨てた」と称賛する者、「寛容さが足りない」と責める者など、社交界の評価はさまざま。

中には、美貌の騎士と有名なルネスを社交上のパートナーとして連れてくるエリーゼに、嫉妬《しっと》心からあからさまな陰口を叩いてくる者もいる。

現に先日、茶会でカップをわざと倒され、ドレスを汚された。

それをしたのは、数年前にも問題行動をしていた伯爵令嬢。

夜会でわざわざ会場を抜け出して入り口で待機中のルネスに会おうとして、任務妨害で苦情の手紙を送ったことのある令嬢である。

しかも、エリーゼがドレスにお茶を零された茶会は、令嬢のみが参加する形での開催だったため、ルネスはその場にいなかった。

だからこその暴挙だったのかもしれないが、令嬢の勝ち誇った顔は、すぐに崩れることになった。

護衛時と同様、外で待機していたルネスが騒ぎを耳にして駆けこんできたから。


ルネスはお茶のシミがついたドレスを見て、冷たい眼ざしを周囲に向ける。

『これは一体どういうことでしょう。まさか、この茶会にはカップもまともに持てない令嬢が参加していたのですか』

ルネスから突き刺すような視線を向けられ、伯爵令嬢はぶるぶる震えながらその場にへたりこむ。

ルネスがいなくても周りに目撃者はたくさんいるのに、どうしてバレないと思ったのか。

結局、その伯爵家にはラクスライン公爵家から二度目の抗議文が届くことになり、件《くだん》の令嬢はしばらく自領で謹慎となったのである。

別の夜会では、ある子爵令嬢に冤罪をかけられそうになった。

エリーゼのすぐ側まで来てから、その令嬢が自らのドレスにワインをかけたのだ。

『ひ、ひどいわ、エリーゼさま。いきなりワインをかけるなんて……っ』

ルネスが飲み物を取りに行って、エリーゼの側を離れた隙の出来事だった。

だがしかし、戻ってきたルネスに矛盾点を指摘されてすぐに呆気なく自滅した。

『お嬢さまはまだ飲み物を受け取っていないのに、どうやってご令嬢のドレスを汚したのでしょうね？』

『そ、それは、わたくしのグラスを奪い取って……っ』

『グラスは今も、ご令嬢の手にあるのに？』

『あ……』

なんともお粗末な罠は呆気なくルネスに見破られ、子爵令嬢は赤ワインで汚れたドレスのままうずくまり、ひどいわひどいわ、と泣き始める。ちらちらとルネスに視線を向けながら。

『ひどいのはご令嬢のほうでしょう。俺の大切なお嬢さまを嘘でおとしめようとするとは、まったくもって許し難い。あとで正式に抗議しますから、そのつもりで』

ウソ泣きをしながら、器用にもエリーゼをぎっと睨みつける子爵令嬢は、ルネスにもその顔が見られていることに気づかないから不思議である。

悪意のこもる凶暴な視線から庇うように、ルネスはエリーゼの肩を抱きよせ、ぐっと胸元に包みこむ。

エリーゼからはもう子爵令嬢が見えず、ルネスの薄紫色のクラヴァットと墨色のジャケット、そしてそこに施された同色の刺繍《ししゅう》ばかりが眼前に映る。

きゃあとか、わあとか、周りからいろいろな声が上がってうるさいが、エリーゼは胸がどきどきしてしまって、それどころではない。

おかしい、このどきどきは何かしら。

これまで何度も、護衛対象として必要なときはルネスの腕の中に抱えこまれることがあったのに、なぜかこれまでと違って平常心ではいられない。

ルネスの逞しい腕とか、ほのかに立ち上がるコロンの香りとか、手のひらから伝わる体温とか、いろいろなことが気になってしまうのだ。そんなルネスのあれやこれやなど、エリーゼはどれもとうの昔から知っているというのに。

ざわざわうるさいエリーゼの胸の内をよそに、その子爵令嬢はすぐに両親によって会場から連れ出された。抗議文がラクスライン公爵家から送られ、一年間の社交禁止という措置がなされた。

大きな騒動はこのふたつくらいで、あとは陰口や嫌味程度の小さなものがちらほらと続く。だがそれも、やがて下火になっていった。

結局のところ、どれだけ令嬢たちが嫉妬《しっと》しようとも、これまでどんな女性にも笑顔ひとつ見せなかったルネスが、優しげな微笑みを浮かべてエスコートしているのはエリーゼに対してだけなのだ。

その光景こそが、エリーゼに魅力がないという陰口の何よりの反論となっていた。

こうして、地味令嬢と言われていたエリーゼの評価は、一シーズンで大きく変化することになる。

そして、変わったといえばもうひとつ、ケヴィンの評価もだ。

真面目で有能、将来有望な子爵令息、と、もともとケヴィンは高評価だった。

妹の醜聞に巻きこまれる形で大きく評価が下がってしまったが、社交の場でラクスライン公爵家からの許しを得たこと、その後も交流が続いていること、それでも殊勝な態度を崩さずにいることが伝わったようで、『妹の愚行に巻きこまれた気の毒な令息』という同情的な評価に変わっていく。

さらに、ケヴィンが一年ほど前に事故で婚約者を喪った事実も、より周囲の同情を誘うものとなる。

そんな感情が、いつしか応援に変わっていったのだろうか。

だから、いつも側でエリーゼを守っていたルネスではなく、ケヴィンがその対象とされたのだろうか。

理由はわからない。

いや、そもそも理由などないのかもしれない。

噂とはいつも、誰かのちょっとした思いつきや、くだらない陰口や、好奇心、悪意などから勝手に生まれてくるものだから。

「ほら……ご覧になって……ですわ」

「……よね。……お似合い……かしら……」

「ふふ……本当……のに……」

いつしか。そして、どこからか。

爵位の差はあるけれど、妹の愚行に振り回された気の毒なケヴィンこそ、婚約者に裏切られたエリーゼに真に寄り添えるのではないか。きっとケヴィンが次の婚約者に選ばれるのでは、などと、まことしやかにささやかれるようになったのである。


そして、とある夜会に出席したとき。

エリーゼに近づき、こうささやく青年が現れた。

「お気の毒に、エリーゼ嬢。あのような噂が流れて、さぞ嫌な思いをされていることでしょう。ご安心を。オレは一切、信じていませんから」

ラウロ・カリスと名乗る青年は、眉尻を下げ、悲しげな表情でそう言い終えると、給仕を手招きして飲み物をふたつ受け取り、ひとつをエリーゼに渡した。

カリス公爵家は派閥違い——もっと言うならば敵対派閥である。

しかも結構な長い年月、反目し合う間柄。

ゆえに、カリス家の人間であるラウロとは、これまで言葉を交わしたことが一度もないし、用事がなければ互いに声をかけることもない。

極めて冷ややかな関係にあった。

タイミングの悪いことに、いつもなら常にエリーゼの側にいるルネスは、不測の事態が生じてちょうどその場を離れている。エリーゼの警戒心が自然と上がる。

「噂とはなんのことでしょう？」

噂には絶大な力がある。

無責任に噂を流され、おもしろおかしく触れ回られ、広まりきったあとに、やっと当の本人が知って驚くのもままあることだ。

「おや、エリーゼ嬢はご存じないですか？　あなたとクルルスの息子がお似合いだという忌々しい噂があるんですよ。もちろん、オレはそんなくだらない噂なんぞ、信じちゃいませんが……」

「まあ。私とケヴィンさまが、ですか……？」

ラウロはぴくりと眉を跳ね上げる。

「……子爵家の息子ごときを名前呼びとは」

「え？」

ぼそりと吐き出されたつぶやきを聞き取れず、エリーゼは首をかしげるが、ラウロはなんでもないと首を横に振る。

「それより、やっとあなたと話せてうれしいです。出会いを祝して乾杯しようではありませんか」

「乾杯？　あの、ですが」

唐突な提案にエリーゼは慌てる。

エヴァンゲル王国では、乾杯をしたあと、必ずグラスに口をつけるのがマナーである。

しかしエリーゼは、アリウスから夜会などではルネスが確認したもの以外、口にしないようにと注意を受けている。

もし注意を受けていなくても、今夜言葉を交わしたばかりの人が勧めるグラスに口をつけるほど、エリーゼは気が大きくはない。

突然のことに、どう断ろうかと内心困っているとき、背後から名を呼ばれ、助かったと振り返る。

声の主はケヴィン・クルルス、たった今話題に上った人物だった。

「ケヴィンさま」

ほっと安堵して名前を呼ぶと、ラウロの表情がわかりやすく歪む。その表情は、ケヴィンに視線を向けるエリーゼには見えていない。そう、エリーゼには。

だが、ケヴィンは何も気づいてないかのように、ニコリといつもの微笑みを浮かべ、エリーゼの前に立つ。

「歓談中のお声がけを失礼します。エリーゼ嬢、ルネス卿はどちらにいらっしゃるでしょうか」

「それが……実はつい先ほど、ご夫人がルネスにぶつかって、持っていたグラスの中身が彼の服にかかってしまって……。ご夫人はどなたかに後ろから突き飛ばされたようで、軽い怪我をしてしまいましたの。それで今は少し席を外しているのですわ」

「……ご夫人が突き飛ばされて……そうですか。では、ルネス卿が戻ってくるまで、こちらで待たせていただいても？」

「え、ええ。それは別にかまいませ――」

「エリーゼ嬢は、今オレと話してるんだ。邪魔をしないでもらいたい」

エリーゼの声を遮ったのはラウロだ。先ほどまでとはガラリと変わった居丈高な口調に、エリーゼは驚いて目を丸くする。

ラウロがケヴィンに向ける眼差しはきつく冷たく、そして嘲《あざけ》りと侮蔑《ぶべつ》が込められている。

エリーゼは、それが自分に向けられた訳でもないのに思わず一歩、足を引いてしまう。

対して、ケヴィンはにこやかな笑みを崩さずに言った。

「ルネス卿を待つのに、エリーゼ嬢の側ほど最適な場所はないでしょう？　カリス令息はどこに問題があるとおっしゃるのです？　話でしたら、私に気にせず続けてくださって結構ですよ？」

「オレが嫌だと言ってるんだ！」

「そうですか。ならば、カリス令息が移動されたらいかがです？」

「はあ？　なぜオレが！」

「私はここでルネス卿を待ちたいと思い、エリーゼ嬢はそれでかまわないとおっしゃった。ルネス卿は必ずここに戻ってくるのです。どう考えても、ひとり嫌だとおっしゃるあなたが移動されるほうが合理的ですよね」

「……っ！　醜聞をさらした情けない子爵家の息子が、よくも公爵家のオレに生意気な口を……っ」

「私の家の醜聞と今の話になんの関係が？　それに、我がクルルス子爵家を寛大に許してくださったのは、ほかならぬラクスライン公爵です。カリス令息、あなたは公爵の決定に異を唱えるおつもりですか？」

「……くっ！　もういい！　お前と話していると不愉快になる！」

怒りで顔を真っ赤にしたラウロは、そう言い放つと勢いよく体の向きを変え、一歩足を踏み出した。去り際に振り向くと、もう一度ケヴィンを睨みつけ、そこでハッと何か気づいたように今度はエリーゼを見る。

「カリスさま？」

まだ用があるのかとエリーゼがラウロの名を呼んだとき、彼が手を伸ばしてきた。

「きゃっ」

思わず小さな悲鳴を上げる。

ラウロがいきなり手からグラスを奪い取ったのだ。そしてそのまま猛烈な勢いで去っていく。

「エリーゼ嬢！　大丈夫ですか⁉」

ケヴィンが慌てて駆け寄る。

「え、ええ」

「すみません、私の失態です。私がエリーゼ嬢のグラスに視線を向けたせいで、彼が忘れ物に気づいてしまった」

「忘れ物、ですか？」

「グラスの中身を検査すべきかと考えていたのです」

ケヴィンの言葉に、エリーゼの顔はサッと青ざめる。

「まさか、私に渡されたグラスに……？」

「おそらく、媚薬の類《たぐい》の薬が混ぜられていたのではないかと」

「え……っ？」

ラウロが大声を出したせいで、周囲の目はエリーゼたちに向いている。彼がものすごい勢いで立ち去ったあとはなおさらだ。

なにせ噂になり始めたふたりが真剣な表情で、しかも近距離で何やらささやき合っているのだから。

だが、不測の事態に少々慌て気味だったふたりは、周囲が好奇の視線を向けていることに気づかない。

「失礼」

ケヴィンが断りを入れ、エリーゼの手を取る。正確には、奪い取られたグラスを持っていた手をすくい上げるように自分の目の前に持っていき、じっと観察を始めた。

「あ、あの……？」

「指とか、手首とか、痛いところはありませんか？」

「は、はい」

「よかったです。ふむ、甲の部分にほんの少しグラスの中身がはねていますね。この一か所だけ、手袋がわずかに湿っています。でも、これだと一滴二滴くらいだな……薬物が入ってても検出は難しいか……」

エリーゼの手、正確には手袋をじっと見つめながら、ケヴィンがぶつぶつとつぶやき始める。

エリーゼはエリーゼで、突然の意味不明令息の登場、渡されたグラスの謎で混乱して、思考がほぼ停止状態だ。

だからだろうか、今の状況とまったく違うことをぼんやり考えてしまう。

（この方って、キャナリーさんを馬車に乗せてどこかに放り出してきた人なのよね。たしかに見た目は冷たそうだけど、こうしているとちょっとイメージが違う気が……）

そこには、やましい気持ちや色っぽい空気は微塵《みじん》もない。

そう、まったくないが、周囲がそう認識するかどうかは別である。ふたりの様子を見て、「まあ」とか「ちょっとあれ」とか「やっぱり」とか、遠くでひそひそ楽しげにささやき合いが始まる。

そのときようやくケヴィンが、周囲の目が自分たちに向いていることに気づき、エリーゼの手を慌てて放す。そして距離を取ろうと数歩下がって謝罪した。

「申し訳ありません。配慮が足らず、近づきすぎてしまいました」

「いいえ、ケヴィンさまは私を心配してくださっただけですから」

「それでもです。妙な噂も立ち始めているというのに、人前で手を取ってしまいました。少々動揺していたとはいえ、これは失態です」

「失態って……いいえ、その前に今、噂とおっしゃいましたか？　ケヴィンさまもご存じで？」

エリーゼの問いに、ケヴィンは困ったように眉尻を下げる。

「エリーゼ嬢のお耳にも入ってしまいましたか。はい、私もつい最近、知りました」

「私は先ほどの方……カリスさまが、わざわざ教えに来られたのですわ」

その言葉を聞いて、ケヴィンは顎《あご》に手を当てる。

「……なるほど。子爵家の私と噂になって焦ったのか」

「え？　すみません、聞こえませんでしたわ。今なんと？」

聞き取れず、エリーゼが一歩、ケヴィンに近寄る。

「ああいえ、噂の相手が私で申し訳ないと言ったのですよ」

「まあ、そんな……」

「いえ、本心からそう思っておりますよ。ルネス卿でなくて、申し訳ないと」

「……っ！　もう、ケヴィンさまは何をおっしゃっているのかしら。私はたった今、噂について聞いたばかりですのよ？　ルネスだったらなんて、思う暇などありませんわ。そう……っ、そうですわよ、ルネスがいいなんて、思ったりしてませんわ！」

エリーゼの頬がぱっと赤く染まり、やけに早口で言葉を返す。

それを見たケヴィンは、興味深そうに目を細め、笑いを堪えようと口元に拳を当てる。

「ふっ、くく、さようですか。これは失礼いたしました」

——ねえ今の。ええ、赤くなったわ。あんなふうに笑うなんて。

このときに、エリーゼが頬を染めたこと。そして、ケヴィンがいつもの社交用の微笑みとは違う、本物の笑顔を浮かべたことが、遠巻きに見ていた者たちの誤解に拍車をかけることになる。

しばらくして、ルネスが諸々の用事を終えて戻ってきたが、不在の隙にラウロがエリーゼに接近したと聞いて顔色を悪くする。エリーゼの側にいなかったことを悔いるが、ハプニングが起きたタイミングからして、すべてはルネスをエリーゼから完全に離すための作戦に思えた。医師や警護担当の者たちを呼ぶ事態にまでなったのだ。さすがに側にいるのは無理だったろう。

夫人がルネスにぶつかってきたときの体勢から『突き飛ばされた』という証言は正しいだろうとルネスは言う。だが、大人数が集まっている夜会の最中である。誰がどこにいて何をしていたかなど、そう簡単に判明しないし証明もできない。

夫人には気の毒な話だが、ちょうどいいタイミングでルネスの近くを通りかかったばかりに、背後から突き飛ばされて足の怪我までしたのだ、完全なる巻きこまれである。

――そして、エリーゼの手袋だが。

ケヴィンの懸念通り、手袋に付着した量は微小すぎて、媚薬の成分検出には至らなかった。


「カリスめ。ずいぶんと強引な手段に出たものだ」

夜会についての報告書を読んだアリウスは、渋面を作る。

ルネスとケヴィンのほかにも、同じ家門から数人エリーゼの補助に入れていた。だが今回は、そちらも誰かに話しかけられたり呼ばれたりで、すぐに動けなかったことが報告書に書かれている。

ケヴィンが駆けつけることができたのは、カリス家の調査からこぼれ落ちていたからだ。

まさか、揉めた先の家の息子がラクスライン公爵家の協力者であるとは、夢にも思わなかったのだろう。

「だがそれも夜会のあれでバレたか……いや、おもしろい噂が流れているから、それで駆けつけたと誤魔化せるか……？」

独り言をつぶやきながら、アリウスは報告書の読み落としがないか確認に入る。

「ルネスがなぁ……私はルネスがいいと思うんだがなぁ……エリーゼの気持ちを最優先って言うからなぁ……、いや、私もそれは思ってるんだぞ？　だからオズワルド《あんなの》でも我慢してたんだし……」

今回のような事件が起こると、アリウスとしてはさっさとエリーゼの次の相手を決めたくなる。婚約者が決まれば安心という訳ではないが、決まっていない今はもっと安心できない。

特に今回は、わざわざアリウスが仕事で夜会を欠席したときを狙ったのだ。この日を指定して会談を申しこんできた仕事相手が敵対派閥に通じていたかどうかは、現在調査中である。

結果はどうあれ、こんなふうにあちこち疑ってかかるだけで神経がすり減るのは事実だ。

早くエリーゼの相手が見つかるといい。

今度こそ幸せになれる相手と結ばれてほしい。

「父親の勘は、ルネスと言っているんだがな……うん？」

アリウスは、手に取っていた報告書の最後の一文に目を留めた。急いで目を通したから、読み飛ばしがあったらしい。

「ほう……エリーゼが……」

見落としの一文を読んで、アリウスは目を輝かせた。

一方、エリーゼは、ラウロ・カリスなる人物について説明を受けた際、自分がオズワルドと婚約するに至った経緯についても知ることになった。

オズワルドが婿に選ばれたのは、アリウスと侯爵が学生時代の友人同士だという理由だけではなかった。反対派閥の公爵家に、エリーゼと同い年の令息ができたからだ。

そう、『いた』ではなく『できた』のだ。あるいは『作った』と言うべきか。

ある日突然、カリス公爵が庶子を引き取った。

エリーゼと同い年の男の子で、当時十歳。それが、ラウロ・カリスだ。

出生に関してはいろいろと不明な箇所が多く、母親は使用人だったとか娼婦とか、町の花屋の娘だったとかいろいろある。果ては、そもそも庶子でもなんでもなくて、孤児で似たような色の子を見繕ったという説まで登場した。

そこまで多種多様な説が出揃うと、かえって信憑性を確かめる意義を感じなくなり、ラウロは『ただの庶子』という括りにされる。

ただ、カリス公爵家にはすでに正妻の子が四人おり、そのうちの三人が男子。そして全員が成人済みである。

後継者問題がある訳でもないのに、わざわざ庶子を引き取る理由はひとつしかない。その年齢の子が必要だったから。

そう、政略結婚の駒である。たとえば、反対派閥の切り崩し、あるいは取りこみに使うための。

案の定、エリーゼが十一歳を過ぎた頃に、カリス公爵家からラウロとの婚約の打診が来る。

引き取ってまだ一年も経っていないのに、そもそも本当に庶子なのかどうかも怪しいのに、筆頭公爵家の婿に、と打診してくる神経にアリウスは呆れた。出生に関してさまざまな噂が流れるままにしているのも、嫌がらせの一環ではないかと疑ってしまうほど。

けれど、それを表立って口にして、妙な揚げ足を取られては困る。そもそも家格としてだけなら、ラクスラインとカリスは釣り合ってしまうのだから。

だが、アリウスはカリス公爵家の動きを予想して、それより先にエリーゼの相手を決めていた。内定していると伝えた相手、それが同派閥から選んだオズワルドだった。

その辺りの政治的事情に関してはエリーゼに知らせず、先入観なしで相手を見てほしいと顔合わせに臨んだのが、エリーゼ、そしてオズワルドが十二歳のときだった。

(政略結婚の必要がないから、てっきりお父さまの知り合いの中で、爵位や年齢が合う子を適当に選んだだけだと思っていたけれど。まさか、『どうしても避けたい縁談相手』がいたせいだったなんてね)

聞けば、エリーゼと婚約できなかったラウロは、今は伯爵令嬢の婚約者がいるそうだ。少々、いやだいぶ年が離れていて、相手の婚約者はまだ八歳。しかも婚約したのは昨年。

理由は、敵対派閥の力を削ぐという目的にカリス公爵がこだわったため。

つまり、ラクスライン公爵家と同派閥の貴族家で、婿を取る家でなければならなかった。

このふたつの条件のために、なかなかラウロの婿入り先が決まらなかったのだ。

アリウスは、警戒対象としてラウロの名をルネスたちに告げていたが、実際にラウロが伯爵令嬢との婚約を解消、もしくは破棄するまでは様子見のつもりでいた。

しかし、婚約関係をどうにかする前にラウロは動いた。

(婚約者がいるのに別の令嬢の夫の座を狙うって、あの人の神経はどうなっているのかしら。しかもやり方が……)

エリーゼは、夜会で会ったときのラウロを思い出す。

くせのある茶色の髪と朱色の瞳。それなりに整った容姿で、背もまあまあ高く、服装はちょっと、いやかなりギラギラしていた。何よりも強く印象に残っているのはラウロの傲慢《ごうまん》さ。

最後にグラスを奪い取る行為をするまでは、基本エリーゼには丁寧に対応していたが、ケヴィンに対してはあからさまに見下し、乱暴な口調で話していた。

そのときの態度が少し、ルネスに言いがかりをつけるオズワルドの姿を彷彿とさせ、不快に感じずにはいられない。

(話したのは少しの時間だったけど、カリスさまはオズワルドと似たり寄ったりの性格なのかもしれないわ。ううん、媚薬を盛るような真似をするぶん、カリスさまのほうがひどいかも……)

ようやくオズワルドと決別して前を向けたというのに、厄介な人物が現れたと憂鬱になる。

こうなったら、一刻も早く、父が次の婚約者を見つけてくれるよう願うしかないだろう。

そう考えたときに、脳裏にちらりと浮かんだ人のこと、ちくりと心が痛みを覚えたことには、気づかないふりをした。

◇◇◇

いよいよ秋の社交シーズンも終盤に差しかかった。

最後に開かれる王家主催の夜会を除けば、貴族個人が催すものがあといくつか残すばかりだ。

実は今、エリーゼはあることが気になって仕方ない。

例の噂が猛烈な勢いで広まっているのだ。

そう、エリーゼとケヴィンがお似合いだとか、もうすぐ婚約するとか、ふたりの仲を応援するとかいう内容が。

ラウロから噂について聞いたあと、エリーゼ自身もすぐに人を使って調べさせた。

そうしたら、いくつか引っ掛かる点が出てきたのだ。

まずは噂の広まり方。

もともとそれなりに広まってはいたが、知る人ぞ知る、もしくは噂好きな人なら知っているくらいの程度だった。

それが今は、まるで真実エリーゼとケヴィンは想い合っていて、けれど公爵家と子爵家では身分が違う。ふたりは泣く泣く想いに蓋《ふた》をしようとしている、そんな悲恋の恋人同士の物語が出来上がり、爆発的に広まっている。

次に噂の内容。みなの口に上っていることが、妙に具体的なのである。

『ケヴィンには四歳下の弟がいるから、子爵家は弟に任せればいい』

『弟はまだ学園入学前。まだ今からでも教育は間に合う』

『嫡子同士だからといって、恋を諦める必要はない』

（まるで情報を操作しているみたいだわ。それに、この内容の偏り……。いつも私と一緒にいるのはルネスなのに、ケヴィンさまとの噂ばかり……）

盛り上がり方もどこか不自然だ。

エリーゼとケヴィンを結びつけようとする意図を感じる。

嫡子同士だからといって諦める必要はない、とは、本当に恋人同士ならその通りなのだろう。だが、ケヴィンとエリーゼは知り合って間もないうえに、言葉を交わした回数もまだ数えるほど。恋を諦める以前に、そもそも恋をしてもいない。なのに、勝手に悲恋の恋人同士に仕立て上げられている。

（……それにしても困ったわね）

報告書には、エリーゼとケヴィンの悲恋話に勝手に、そして無責任に盛り上がる者たちの様子も書かれていた。

噂を信じ、善意や親切心、そして周りへの同調から、悲恋に泣く恋人同士をなんとか結びつけようと声を上げる者たちが出始めている。

頑なに信じこまれてしまうと、エリーゼやケヴィンが噂をただ否定しても効果はない。むしろふたりの恋を叶えようと、余計に盛り上がってしまうかもしれない。

（……というか、嫡男でも気にせず婿入りさせていいのなら、ルネスをお婿さんにしてもいいってことじゃない）

ふと、そんな考えが頭に浮かび、エリーゼはふむふむと頷いた。そして少しの間を置いて、はっと我に返る。思わず持っていた報告書でバッと顔を隠し、声にならない呻き声を上げた。

（待って、待って、待って！）

室内で控えていた侍女が怪訝な表情を浮かべるが、そんなことを気にする余裕はない。

だって。ちょっと待ってほしい。

(私、今、何を考えた？　ルネスをお婿さんにしたいって、そう思ったの？)

たしかにルネスのことが大好きだけれど。

小さいころからずっと一緒で、とても信頼しているし、側にいてくれるだけで安心するけれど。

でも、ルネスは実の兄のような存在で。

そう、そんな存在だったはずで。

(そもそもルネスは嫡男だから婿入りは無理だって……いや、それは諦めなくていいっていう流れになっているから別に……。違うわ、そこじゃない。そうよ、ルネスには想い人がいるのよ。いくら社交界で嫡子同士の結婚を応援する流れになっても……ルネスとは……)

そこまで考えて、エリーゼは呆然と顔を上げる。

「そうよ……、ルネスとはどうやっても……ダメ……なのよ……」

そうつぶやいたエリーゼの水色の瞳に、じわりと涙が滲む。

ダメだと気づいて絶望した。

絶望して初めて自分の気持ちに気がついた。

そして、たった今自覚したばかりの恋心は、けれどすぐに消し去らなければいけないものだとわかった。

(好きだって言ったら、きっとルネスは困ってしまうわ。断りたくても断れなくて、ずっと想い続けていた人を、諦めなくてはならなくなるわ。その人と結ばれることは叶わない、と言っていたけ

れど、でもそれは、私の気持ちを押しつけていい理由にはならないもの）

そんなことを考えているうちに、涙はみるみる溢れていく。そして、ぽろりぽろりと瞳からこぼれ落ちた涙は、膝の上の報告書へと吸いこまれていった。

壁際で控えていた侍女が、エリーゼの涙に驚いて、ポケットからハンカチを取り出した。

そして、近寄ろうと一歩踏み出したとき、ノックの音が響く。

「お嬢さま、ご報告したいことがあるのですが、今よろしいでしょうか」

扉の外から聞こえてきたのは、よりによってルネスの声。

エリーゼは、逡巡ののちに入室を許可する。ハンカチを手にした状態で固まっていた侍女に大丈夫とうなずいて、自身のドレスの隠しポケットからハンカチを取り出して、急いで涙を拭った。

「失礼します」

扉を開けて部屋に入ってきたルネスは、ソファに座るエリーゼを見て驚愕の表情を浮かべ、ツカツカと足早に近づいて足元に膝をつく。

「お嬢さま」

（え……？）

目の前でひざまずいたルネスは、ひどく真剣な表情でエリーゼをまっすぐ見つめている。恋心を自覚したばかりのエリーゼもまた、彼の淡い緑から目を離せない。

ソファに座るエリーゼと、その前にひざまずくルネス、見つめ合うふたりの姿は、まるで市井《しせい》で流行《はや》りの恋愛小説のような場面である。

じっと見つめられ、動揺するエリーゼに、ルネスは手を伸ばす。エリーゼの頬に触れ、そっと親指で目元を撫でる。

(な、何……？　これは、どういう状況……？)

小説で読んだパターンでは、このあとに続くのは男主人公からの口づけ。そう、たしかに恋愛小説では、それが定石だけれども。

「ル、ルネ……」

「目元が赤くなっています。もしや泣いておられたのですか？」

「……」

(……何を勘違いしているの。私のバカ！)

「……お嬢さま？」

「え、ええ。ちょっとね。でも大丈夫、なんでもないの」

ルネスへの恋心に気づいて、その瞬間に失恋が確定して、絶望して泣いていた、などと言える訳がない。

「……そうですか」

気まずさに視線を泳がせつつ、エリーゼはそっと体勢をずらしてルネスの手を顔から離そうとする。するとその動きで、バサリ、と膝の上から書類が落ちた。

(……報告書！)

先ほどまで読んでいたそれを自分の膝の上に置いたままだったのをすっかり忘れていた。

エリーゼがソファから立ち上がって拾うより先に、床に膝をつけていたルネスがそれらを一枚一枚拾い上げた。

「……」

見るつもりがなくても、自然と目に入ってしまう箇所はあるものだ。そう、たとえば、一枚目の冒頭に大きく書かれた『報告書』の文字など簡単に。

ルネスは、ひとつ大きく息を吐き、集めた報告書をエリーゼに手渡した。

「お嬢さまも、噂をお調べになっていたのですね」

「……ええ。どうしても気になってしまって」

「誰に調べさせたのか、お聞きしても？」

「……ロナウドに、頼んだの」

そうなのだ、実はエリーゼが読んでいた報告書の作成者はルネスではない。

いつもはなんでもすぐルネスに相談するが、今回のケヴィンとの噂に関しては彼には内緒で、調査も相談もしていない。

理由はない。なんとなく、言いづらかった。

彼のことだから自分が話さなくとも、きっとすでに噂については把握しているだろう。

それでも、どうしてもその話をしたくなくて、それでこっそりとほかの顔なじみの騎士に調査を依頼した。

（……でも、気持ちを自覚した今ならわかるわ。ルネスを好きになっていたから、ほかの人との間

に立てられた噂を話題にしたくなかったのね)

「そ、それで、ルネスの言っていた報告とは何かしら?」

恋の作用か、先ほどの勘違いの余波か、報告書の件がバレたせいなのか、エリーゼの胸は今もドキドキとうるさくて大変だ。それがバレないように必死でなんでもないフリで話を続ける。

(……私って、今までどうやってルネスと普通に話せていたのかしら)

そんなちょっとズレたことをふと考えていると、ルネスが口を開いた。

「お嬢さま」

「は、はいっ」

「報告の前に、お人払いをお願いできますか。もちろん、扉は開けておきますので」

「わかったわ」

エリーゼはすぐに控えていた侍女に退室を促し、それから、これから誰も部屋に入ってこないようにと告げる。

ふたりきりになった室内で、改めてルネスが口を開く。

「実は、俺もお嬢さまに内緒で例の噂を調査していました。こちらがその報告書です」

「ありがとう。ルネスも座ってちょうだい」

エリーゼは差し出された書類を受け取り、一枚目に視線を落とす。

対面のソファに座り直したルネスが話し始める。

「噂が広まった理由はふたつあることがわかりました。……いえ、この場合は原因と言うべきかもしれませんね」

「原因……？」

ルネスは小さくうなずく。心なしか表情が暗い。

「原因のひとつは俺、そして、もうひとつはケヴィン・クルルスにありました」

ルネスは、噂の出方に、噂の対象となったふたりのその組み合わせに、なんとなく引っかかるものを覚えたという。

「夜会や茶会でお嬢さまのパートナーを務めていたのは俺なのに、そのことは完全無視で、公の場で言葉を交わした回数が十にも満たないケヴィン殿との噂ばかりがささやかれる。意図的に流したものだと思い、その大元を探ることにしました」

そう説明するルネスの表情は申し訳なさに満ちている。

と言うのも、なんと噂の発信源が、ルネスに好意を持つ令嬢たちだったと判明したから。

令嬢たちは、護衛対象として常に側にいるエリーゼのことを、前からおもしろく思っていなかった。

エリーゼの護衛任務があるせいで、ルネスが社交の場に出ることはほとんどなく、今シーズンついに夜会に出席するようになったと思ったら、エリーゼのパートナー。しかも、まるで恋人のように常に側に寄り添い、微笑みを交わし合い、片時も離れない。

護衛として側に付いていたときはまだ仕事だと思えたが、今回は違う。

社交の場でルネスが優しくエリーゼに微笑みかけるのも、ダンスを一緒に踊るのも、飲み物を代わりに取ってあげるのも、すべてすべて令嬢たちの神経を逆撫でた。

到底許容できなかった。

――権力でルネスさまを縛りつけて。きっと命令されているのよ。このままだと結婚も強要されてしまうわ。断れないのをいいことに好き勝手して許せない。

嫉妬《しっと》で燃え上がった令嬢たちの身勝手な妄想は、どんどん膨らんでいく。

――ルネスさまをお助けしなければ。そうよ、解放してさしあげないと。彼女をほかの殿方と結び合わせるのはどうかしら。ちょうどいたじゃない、ほらときどきお話しする人が。あの人、たしか婚約者を事故で亡くしたのよ。

――傷モノ同士でちょうどいいわ。

噂を広めていた令嬢たちの中には、以前ルネスにまとわりついて、ラクスライン公爵家から苦情を申し入れられた令嬢もいた。

それから大人しくなっていたが、心の中では納得していなかったらしく、今回噂を特に熱心に触れ回っていたという。

「……本当に申し訳ありませんでした」

そう言って深々と頭を下げたルネスに、エリーゼはあなたのせいではないと告げる。身勝手な嫉《しっ》妬《と》に燃えた令嬢たちの責任だとしか思えないから。

「そんな噂を触れ回って邪魔したくなるほど、私たちが仲良く見えたってことでしょう？　むしろ勲章だと思うことにするわ」

「ですが……」

「本当にルネスのせいではないから、気に病む必要はないわ。それより……」

エリーゼは、ルネスから受け取った報告書の後半部分に目を落とす。

「問題はこちらよね。このことはお父さまには……？」

「まだです。今ちょうど会合に出ていらして屋敷におられないのです。それで先にお嬢さまにお見せしようとこちらに」

「そう……。これを知ったら、お父さまはきっとがっかりなさるでしょうね。ケヴィンさまを、とても信用していらしたように見えてたもの」

ため息をつきながらそう言ったエリーゼに、ルネスも同意する。

「付き合いは短いですが、俺も最近は彼のことを頼りになる人物だと思い始めていたので、これがわかったときは少しショックでした。まさか、だまされていたとは」

エリーゼの手の中にある調査報告書。ルネスは自身がまとめたそれに視線を向け、忌々しげにそう言った。


エリーゼは、ケヴィンをラクスライン公爵家のタウンハウスに呼び出した。報告書に書かれていた件について、直接問いただすためだ。

応接室にいるのは、エリーゼとアリウスとルネス、そして呼び出されたケヴィンの四人。

エリーゼは今回この呼び出しに関して、すべてを取り仕切るようアリウスに言われている。

アリウスは少し下がった位置にひとりがけのソファを置き、みんなを観察するようにそこに座っていた。

突然の呼び出しにすんなり応じたケヴィンは、大きめのソファの真ん中にひとりで座り、その対面のソファにエリーゼ、その後ろに控える形でルネスが立つ。

何も始まっていないうちから、場の空気はぴん、と張りつめていた。

エリーゼは、少し居心地の悪さを感じながらも背筋を伸ばし、目の前に座るケヴィンを見る。

「ケヴィンさま。今日、私があなたをここにお呼びした理由に、心当たりはおありですか？」

「それが、皆目検討がつかないのです。申し訳ありません」

微笑みを崩すことなく答えるケヴィンに、突然の呼び出しに動じた様子はない。

「……そうですか」

エリーゼは一度言葉を切り、深呼吸をする。

「以前にお話しした、私とケヴィンさまとの噂のことです。あの噂がここ最近、異常な広まり方をしています。そのことをいぶかしんだルネスが、密かに調査してくれました」

ほう、とケヴィンがあごに手を当てる。

「それは興味深いですね。今日はその結果を教えていただけるということでしょうか」

「はい。そのつもりでお呼びしました」

エリーゼは手元にある報告書に目を落としたあと、顔を上げてケヴィンをまっすぐ見つめる。

「噂が捏造《ねつぞう》されたきっかけは、ルネスに焦がれた令嬢たちの猛烈な嫉妬《しっと》にありました。ご令嬢たちは、私とルネスの関係が進展しないように、別の男性との噂を立てることを思いついたようです。ですが、噂を騙《かた》る者とは別に、それを煽る者や触れ回る者が別にいたことがわかりました。……ケヴィンさま。あなたが手配した方たちです」

ケヴィンの顔色は変わらない。

元より表情の豊かなタイプではないとわかっていたが、今はむしろ意図的に表情を消しているようにエリーゼは感じる。

ここ最近に限定されるとはいえ、それなりに近しい付き合いになってきていると思っていたのは、どうやら盛大な勘違いだったらしい。

ケヴィンが少しの動揺も見せないことにかすかな悔しさを覚えたのち、エリーゼは言葉を続ける。

「あなたにお聞きしたいことは、これだけではありません。こちらをご覧ください」

エリーゼは、ケヴィンにも見えるように報告書をテーブルの上に広げる。

「キャナリーさんはたしかにクルルス子爵家から除籍され、王都から遠く離れた街で、平民となって暮らしていました。……愛する人と結ばれて、大変お幸せに暮らしていらっしゃるそうですね」

そう、ルネスが調査した結果、処罰としてクルルス子爵家から追放されたはずのキャナリーは、平民にはなったものの、長年の恋人と結婚し、仲睦まじく暮らしている。

生活に困窮した様子はなく、むしろ平民にしては恵まれていると言える暮らしぶりに、誰かの陰ながらの援助があったことが窺えた。

その誰かというのは、エリーゼももう知っている。

「驚きましたわ。キャナリーさんはオズワルドを慕っているようにあのときは見えたけれど、本当は恋人がいらしたのね。商人見習いだった彼とは、買い物で言葉を交わしたことがきっかけで仲良くなったとか」

報告書に初めて目を通したとき、書かれていた内容に心の底から驚き、そして落胆した。自分がいかにだまされていたかを思い知らされたから。

エリーゼは、報告書の一か所を指さした。

「でも、平民の恋人との結婚は子爵が反対。彼のことは諦めさせ、ほかの貴族家に嫁がせようと、子爵はキャナリーさんの縁談を探し始めたそうですね。恋人と別れさせられそうになって悩むキャナリーさんに、ケヴィンさまはある交換条件を出した……。ここまでは合ってますか？」

「……はい、合っています」

ケヴィンは軽く肩をすくめ、淡々と認めた。

平民の恋人との結婚の後押しを約束する代わりに、妹にオズワルドに接近するよう指示を出した。きっかけとなったのは、オズワルドから『エリーゼが拗ねて婚約解消と言い出したんだ。本当に困った奴だよ。なあ、どうやってエリーゼの機嫌を取ったらいい？』と相談されたこと。

当時を振り返り、ケヴィンはハッと鼻で笑う。

「――ふざけるなと思いましたよ」

これまでずっときれいな微笑みを浮かべていたケヴィンが、初めて見せる侮蔑《ぶべつ》のこもった笑いに、エリーゼは息を呑む。

「ある夜会でのことです」

ケヴィンは言った。

「オズワルドは、あなたとの婚約をゴミのように言い捨てました。『無理してあの女に笑いかけるのももう限界だよ』と。オズワルドはこの結婚で貴族籍を保てるうえに、公爵家の一員になれるというのに。さも自分が慈悲で結婚してやるかのように話していました」

（ああ……）

エリーゼはすぐに理解する。あの日の夜会のことを、ケヴィンは言っていると。

「なんて愚かな男だと思いました。私は直接エリーゼ嬢と言葉を交わす機会はありませんでしたが、亡くなった婚約者から、あなたの優秀さや人となりについてよく聞いていたのです。だから、彼の言うことになんの信憑性もないとわかっていましたし、またとない良縁に感謝する気のない姿に呆れました。私の説教など、ただ聞き流されて終わりでしたが」

その言葉に、エリーゼは初めてケヴィンと話したときに、彼の声に聞き覚えがあるように思った理由に思い至った。

（あのときオズワルドをたしなめてくれた声は、ケヴィンさまだったのね……）

ふたりは学園の選択科目で知り合ったが、オズワルドはなぜかケヴィンを気に入って、よく声をかけてきたという。

一方、常から婚約者を貶《けな》す言動が見受けられるオズワルドをケヴィンのほうは厭《いと》っていた。それでも、顔を合わせれば必ず側に寄ってくるオズワルドは、いつの間にか周囲からケヴィンの友人として認定されていた。もちろんオズワルド本人からも。

婚約者との関係が良好だったケヴィンにとって、オズワルドとの会話は不愉快さしかない。

だが、子爵家嫡男のケヴィンと侯爵家三男のオズワルドの身分差は大きい。しかもオズワルドは後の女公爵の婿になる予定だ。

いくら言動が不愉快でも、やんわりとたしなめる程度の苦言が精一杯。そんな自分がまた嫌だったと言う。

「保身ととられても仕方ありません。あの男にやんわりと苦言を呈することはときどきありましたが、声を荒らげての説教はそのときの夜会が初めてでした。でも彼は……」

『なんでケヴィンがそんなにムキになるんだよ。あ、もしかして、婚約者が死んだからって、エリーゼを狙ってるんじゃないだろうな？　やめとけ、やめとけ。あれはオレに惚れてるんだ。オレしか見えてないんだよ』

「……ひどいな」

ぽつりと背後でルネスがこぼしたつぶやきが、エリーゼの耳に届く。

エリーゼも同感だ。あのとき、もしそのまま会場のバルコニーに留まっていたら、さらに傷ついていたに違いない。

「もうこの男には付き合いきれないと、夜会の途中で帰ることにしました。ですが数日後、オズワルドが私のところに相談にやってきたのです。婚約者の態度がおかしくなった、急に婚約解消を告げられた、関係の再構築をするよう親から言われた、とね」

ケヴィンは、にこりと笑う。いつもの隙のない、感情の見えない微笑みに、冷ややかさが加わる。

「そして、私に聞いてきたのですよ。どうしたらいいかと。お前は婚約者と仲がよかったから、いいアドバイスができるだろうと、数日前の自分の発言など、すっかり頭から抜け落ちているようでした」

ケヴィンは、王都で人気のカフェにデートで連れていくのはどうかと提案した。個室を取るより、窓際の席を頼むほうが窓の外の花が見えるから喜ばれるとアドバイスして。

そして、キャナリーにはカフェに行く時間を指定して、護衛を付けて送り出した。護衛には数軒手前でキャナリーと離れるよう指示を出す。

「妹には演技指導もしましたよ。高めで明るく少し張り上げるような声で、語尾を伸ばし気味にして甘えるように、とね。オズワルドに言う台詞《せりふ》も、私が想定して書き出したのを覚えさせました。ああ、距離感は普段よりずっと近く、隙あらば腕に絡みつけとも言いましたね」

ケヴィンはさらに言葉を続ける。

「そんなガラでもないのに、妹はよく頑張ったと思います。遅くなりましたが、あのときは本当にエリーゼ嬢にご不快な思いをさせてしまいました。妹は私の指示通りに動いただけで、本当の責は私にあります。大変申し訳ありませんでした」

深々と頭を下げるケヴィンに、エリーゼの気持ちは複雑だ。

報告書を読んだときはケヴィンに対してあれだけ落胆し、怒りを覚えたというのに、話を聞いているうちにだんだんと微妙な気持ちになってしまう。

だって、ケヴィンはあの夜、婚約者をないがしろにするオズワルドの発言に怒ってくれた。

オズワルドの不誠実な態度を諫めようとしてくれた。

たしかに、ケヴィンには周到に嘘を重ねられたけれど。

たとえそこにキャナリー側の事情もあったとしても、結果的にはオズワルドの不実さが露呈し、望み通りに婚約解消、いや、破棄が叶ったのは事実だ。

(もしかして、嘘をつかれたことを怒るよりも、感謝すべきなのかしら……？　でも、嘘をついてくれてありがとうって言うのも、なんだか変よね……？)

ちら、と後ろを振り返ると、ルネスも同じように感じているのか、やはり複雑な表情で立っている。

ケヴィンは続ける。

「エリーゼ嬢に不愉快な思いをさせてしまったことは申し訳なく感じていますが、悪いことをしたとは思っておりません。エリーゼ嬢から婚約解消を願ったと聞いておりますし、オズワルドも夜会で婚約解消を願っていました。私は、双方の願いが叶うよう手助けしたと思っています」

エリーゼは少しの間のあとに口を開いた。

「……キャナリーさんのことはわかりました。その件に関しては、またあとで話すことにしましょう」

エリーゼは心を落ち着かせるべく、ひとつ大きく息を吐く。嘘を大量につかれたことは置いておくとしても、ケヴィンを呼び出した理由はもうひとつある。

「では、最近になって急に人を使って噂を拡散したことは、どう説明なさるおつもりですか？」

その問いをエリーゼがしたとき。

ケヴィンの視線がある方向に向いた。一瞬だけちらりと、アリウスのほうに。

その視線に、ふとエリーゼは違和感を覚える。

この場が始まってから、アリウスはひと言も発していない。

いや、アリウスがこの場をエリーゼに任せたのだから、事の成り行きを黙って見守っていて、何もおかしなことはない。

そう、おかしくないのだが。

（……報告書を渡したときもそうだったわ。目を通したあとに『よくここまで調べたな』とルネスに感心していたけれど、内容に対するお父さまの反応は淡々としていらした。よく考えたら、ケヴィンさまを高く買っていらしたお父さまだもの。怒りとか動揺とか落胆とか、もっとほかの反応があってもおかしくなかったのに）

今日だって、後ろに下がって眺めているだけ。まるでこの話の経緯も行きつく先も、すでに知っているかのように。

（もしかして、お父さまはケヴィンさまがしたことをご存じだった……？　では、この噂のことも……？）

そんなことを考えているとアリウスと視線がばちっと合う。するとアリウスは、この場にそぐわない笑みを、エリーゼに向けた。その笑みをどう取るべきか迷っていると、ケヴィンも視線を向けてくる。

「噂を広めさせた理由は、いくつかあります。ただ……そうですね、どこから説明すればいいものか……」

「ケヴィンさま。私が特に気になっているのは、ケヴィンさまが噂を拡散し始めた時期なのです」

これは、エリーゼが一番気になっていること。

「噂が出始めた頃、ケヴィンさまはそれを抑える動きをしていたとルネスの報告書にありました。それが、ある時期を境に、今度は人を雇って噂を広め始めた……。その理由はなんですか。その時期に何があったのでしょうか。調査をしたルネスも、同じように疑問に思っていましたわ」

そうよね、とエリーゼは背後に立つルネスを振り返る。

すると、その先をルネスが引き継ぐ。

「俺と君はまだ短い付き合いだが、それでもだまされたとひどくがっかりした。それは、それだけ君を信頼し始めていた証拠だとも思っている。だから、もしこの件に何か意図があるのなら教えてもらえないだろうか。俺にはやはり、君が自身の欲で噂を拡散させたとは思えないんだ」

ルネスの真剣な眼差しに、ケヴィンは首をかしげる。

「……あわよくばを狙ってのこととは思わないのですか？　私が、次期女公爵となるエリーゼ嬢の婿の立場を得るために画策したと」

「騎士が推測で物事を判断すべきでないのは重々承知の上で、あえて言わせてもらうならば、君はそのような男ではないと俺は思う」

ルネスの表情からも、彼が心からそう言っていることは明らかだ。

だが、ケヴィンはルネスの信頼の言葉をバカにするように鼻で笑う。

「そうですか……さすがエリーゼ嬢の清廉なる護衛騎士ですね。おっしゃることがいちいち様になる。……ですが、最初はあれほど警戒していた私を、そんなに簡単に信用するのはどうかと思いますよ。私はこのまま、噂が真実になってもかまわないと思っているのですから」

ケヴィンの言葉に、ルネスは、そしてエリーゼは目を見開く。

「そんなにおかしなことを言いましたか？　私の婚約者は一年以上前に亡くなっています。そして、次の婚約者はまだ決まっておりません。嫡子同士であっても、互いに想い合っているなら応援すべきという流れも、社交界で出来上がりました。公爵家と子爵家、家格の差は大きいですが、それも噂が後押ししている今なら、越えられない壁ではないでしょう」

「……ケヴィン令息。君は、お嬢さまを愛しているのか……？」

「いいえ？　私が大切に想うのは、亡くなった婚約者だけです」

愕然《がくぜん》とした顔で絞り出すように問うルネスに、ケヴィンはあっさりと首を横に振る。

「彼女はもうこの世界のどこにもいない。それでも、子爵家の嫡男である私は、いずれ誰かと結婚しなければならない。それなら相手が誰であろうと同じ。ああでも、エリーゼ嬢と結婚すれば筆頭公爵家の一員になれる訳ですから、ほかの令嬢たちと同じ扱いでは失礼に当たりますかね？」

「……っ」

ケヴィンの言葉に息を呑んだのは、エリーゼだったのか、それともルネスか。いや、ふたりともだったのかもしれない。

エリーゼの横で風がふわりと流れる。

ルネスが横を走り抜けたのだと、一拍遅れて気づく。

見れば、ケヴィンはルネスに胸倉を掴まれ、体を宙に浮かせていた。

苦しげに顔を歪めるケヴィンに構わず、ルネスは声を荒らげる。

「亡くなった婚約者のことは残念だと思う。好いた相手だったのならばなおさらだ。だが、それを次の婚約者をぞんざいに扱う免罪符《めんざいふ》にするのは違うだろう。『相手が誰でも同じ』とはあんまりな言い分だ。しかも、お嬢さまに求婚しようという理由がそのような……っ！」

「ルネス、ダメよ、落ち着いて」

「お嬢さま、止めないでください。今の発言は許せません。そもそも政略結婚をすることが多い貴族は、好む相手と結ばれる可能性が低いのです。立場や家の問題や状況、時には経済状態や派閥なども絡めて家のために結婚する、それがほとんどなのです。お嬢さまがオズワルド令息と婚約したのも、派閥関連の問題があってのことだ」

ルネスの眉間に刻まれた皺が、よりいっそう深くなる。

胸倉を掴む手にさらに力がこもったのだろう、ケヴィンが小さく呻いた。それでもルネスは掴む手を離さない。

「今、お嬢さまは自由になった。今度こそお嬢さまには幸せになれる相手と結ばれてほしい。なのに『誰でも同じ』？　ふざけるな！　誰がお前なんかに！　俺はそんな奴にお嬢さまを渡さない！」

「ルネス、やめて。私なら大丈夫だから」

ルネスの側にエリーゼは走り寄り、その背をそっと撫でさする。

こんなに激しく怒りを表しているルネスを見るのは、初めてかもしれない。

ルネスはあまり感情を表に出さない性質《たち》だ。表情の変化だって、わずかに頬が緩むとか、口角が少し上がるとか下がるとか、よく見ないと、ずっと無表情に思えるくらい些細なもので。ましてこんな怒鳴る姿なんて、付き合いの長いエリーゼですら見たことがない。

（……ああ、でもどうしよう。こんなときなのに私……）

ルネスの背中をさすりながら、エリーゼは思う。ルネスが怒っている。お嬢さまをバカにするなと、お前などにやるものかと怒ってくれている。それが、とてつもなくうれしい。

たとえそれが専属護衛騎士としての言葉であろうと、お前なんかに渡すものかと、そう口にしてくれた、そのことが、うれしくてたまらない。

（……私やっぱり、ルネスが好きだわ……）

護衛対象としか見られていないとしても、今の言葉を聞けただけで、もう十分に幸せだ。

ケヴィンはあのように言ったが、噂がどうあれ、エリーゼはケヴィンと結婚するつもりはない。きっと父も許さない。だから、ケヴィンがしたこと、言ったことで、ルネスが怒る必要などないのだ。

「やめろ、ルネス」

これまで沈黙を貫いていたアリウスの声が室内に響き、ルネスはゆっくりとケヴィンを掴んでいた手を降ろした。

ソファの上に降ろされる形になったケヴィンは、ようやく解放された喉を押さえ、ゴホゴホと咳きこむ。その様子を見て、アリウスは彼の傍らに立ったままのルネスに向かって口を開いた。

「厨房《ちゅうぼう》に行って、ケヴィンに冷たい水を貰ってきなさい」

「……わかりました」

ルネスは硬い表情のまま、一礼して足早に部屋を出ていく。

扉が閉まる音のあと、エリーゼはケヴィンに頭を下げた。

「大丈夫ですか、ケヴィンさま。ルネスが乱暴して申し訳ありません」

「けほっ、お気遣いなく。私の口が過ぎたせいですから」

ケヴィンは咳が治まると、姿勢を正してアリウスへ視線を向ける。

「公爵閣下、言質《げんち》は取れなさそうです。いいところまで行きましたが、これ以上は難しいかと」

「ああ、この辺りでやめておこう。ケヴィン、体を張らせて悪かった。ルネスがあそこまで怒ると思っていなかった私のミスだ」

「いいえ。約束通り対価をいただければ私はそれで。それにルネス卿は咄嗟に手加減してくれたようです。覚悟したほどではありませんでした」

（……約束？　対価？）

「……お父さま？　一体なんのお話を？」

エリーゼは目をすがめてアリウスを見る。

「おかしいとは思っていたのです。お父さまは一体、何を企んでおられるのかしら。そろそろ教えていただきたいわ」

冷水の入った水差しとグラスを手に戻ったルネスは、入ってぴたりと足を止める。

室内の雰囲気がおかしい。なんとも言えない緊張感が漂っている。これはもしや自分が乱暴を働いたせいではないかと不安になり、早足でケヴィンが座るソファに向かい、冷水を手渡してから頭を下げた。

「先ほどは悪かった。感情的になって、騎士としてあるまじき行為をしてしまった」

ケヴィンは一瞬目を丸くしたが、すぐにいつもの微笑みを浮かべ、グラスを受け取る。

「煽ったのはこちらですのでお気になさらず。対価もきちんといただくことですし、本当に大丈夫ですよ」

「対価……？」

「ああ、その話は後ほど。まずはこちらに、私の隣にお座りください」

ケヴィンは自分が座るソファの空いたスペースをぽんぽんと叩くが、ルネスは困惑して首を横に振る。護衛騎士の立ち位置は決まっている。

「俺はお嬢さまの後ろに……」

「そこに座りなさい、ルネス」

「旦那さま？」

心なしか不機嫌顔のアリウスが、ケヴィンの隣を指で示している。

主人に言われれば否はない。ルネスは戸惑いながらも、ケヴィンの隣に腰を下ろし、対面のエリーゼをちらりと見ると、こちらも何やら難しい顔でうつむいている。

厨房《ちゅうぼう》に行って戻ってくるまで二十分もかからなかったはずだが、部屋を離れている間に何かあったのだろうか、と不安が募る。

「ルネス。エリーゼがお前に話があるそうだよ」

アリウスが重々しく口を開いた。

「ねえ、ルネス。ラウロ・カリス公爵令息が私に接触してきた夜会を覚えてる？」

「……？　はい。俺をお嬢さまから離すために、関係のない夫人が突き飛ばされて俺にぶつかってきた、あの夜会ですよね？　それが何か？」

予想にない話題に、ルネスは戸惑いながらもうなずきを返す。

「実は……さっきルネスが部屋から出ていたときに聞いたの。ケヴィンさまがあの噂を広めることを決めたのは、その夜会に出たときからだそうよ」

ルネスは顎《あご》に手を当て、しばし思案したあとに再び口を開いた。

「たしかに、噂が爆発的な勢いで広まり始めたのは、その時期辺りからですね」

そこまで言って、ルネスはかすかに眉をひそめる。

「……では、あのとき、あの夜会で、カリス令息の件のほかに何か起きていたということですか？　俺は何も聞いていませんが」

「――共有する情報ではないと私が判断し、公爵閣下にのみ報告いたしました」

横から会話に加わったのは、ルネスの隣に座るケヴィンだ。

ルネスはケヴィンに視線を向ける。

「その情報を、今なら話してもいいと？」

「はい。公爵閣下と話をして、そういう判断になりました。エリーゼ嬢にはすでに先ほどお話ししたのですが、実は私、閣下からあることを頼まれておりまして」

「あることを……。それは、夜会などでお嬢さまの周囲を警戒するという役目だろう？」

「それもありますが、もうひとつ極秘任務があったのです」

「極秘任務？」

「はい」

ルネスは真面目に耳を傾けているが、先に話を聞いているエリーゼはいたたまれない。

対面の席で黙って聞いてはいるが、どうしても微妙な表情を浮かべてしまう。

「その極秘任務の内容ですが、実は閣下がエリーゼ嬢の次なるお相手にと目される方がおられまして」

「えっ？」

ルネスの驚きの声は聞き流し、涼しい顔でケヴィンは続ける。

「しかし前の婚約者の件があり、当人同士の気持ちを優先したいとのお考えでした。それで、私にお二方のお気持ちを、可能であれば確かめてほしいと頼まれたのです。とはいえ、その方たちにとって、うさんくさい新参者でしかない私になかなか機会はなく、そうこうしているうちに、お相手候補の方のお気持ちは閣下がお確かめくださいました」

「旦那さまが……？」

ルネスは、ハッと何かに気づいたようにアリウスを見る。

ケヴィンは、またしても気にせず話を続ける。

「そのあと、件《くだん》の夜会で、エリーゼ嬢のお気持ちがその方に向いていることを知ることができたので、その旨を閣下にご報告したところ、今度は別の作戦を立てて、おふたりが自然な形で互いの想いを――」

「待て。待て待て、ケヴィン。その先は言うな。本人に言わせてやれ。せっかくの両想いなんだ。お前の説明で話を終わらせるな」

自発的な告白に持っていくのを失敗して微妙に不機嫌顔になっていたアリウスは、慌ててケヴィンを止めたところで今さらだ。

ルネスはすでに、ケヴィンの説明の途中辺りから、視線をうろうろとさまよわせている。

エリーゼに至っては、もはや表情を取り繕えず両手で顔を覆う始末だ。

「失礼しました。続きをどうぞ、エリーゼ嬢」

耳まで真っ赤のエリーゼに向かって、ケヴィンはぺこりと頭を下げ、会話のバトンを渡したのである。

（続きをどうぞって……。妙なところが大雑把すぎます、ケヴィンさま……っ）

真っ赤な顔を両手で覆ったエリーゼは、羞恥と戸惑いでぷるぷると打ち震える。

そんな心を知らず、いや、あえて気づかぬふりをしている可能性のほうが高いが、アリウスが横から無責任に「どうした、エリーゼ」と言葉を投げかける。

「思い切って一歩前に進め。今が頑張りどころだぞ。ほら」

（ほら、じゃないです、お父さま！　もう！　娘の告白を見物しようとしないで……っ！）

ケヴィンははっきり名前を言っていないが、きっと父がすでに気持ちを確かめたという相手候補は、おそらくルネスだ。

つまり、先ほどのケヴィンの話が真実ならば、エリーゼとルネスは両想いということになる。

（だからって無理……！　お父さまとケヴィンさまに見守られながら告白なんて、絶対に無理……っ！）

「あの……よろしいでしょうか」

恥ずかしくて今も顔を手で覆ったままのエリーゼの耳が、ルネスの少し緊張した声を捉える。

「ええと、たぶん、話の内容は理解できたと思います。その、ですので、少しの間でかまいません、お嬢さまとふたりきりにしていただけないでしょうか」

ルネスの申し出に一瞬の静寂が降りる。アリウスとケヴィンは無言で顔を見合わせたあと、互いにうんうんとうなずき合って、部屋から出ていった。

「……」

「……」

部屋の中にふたりきり。ともに口を開くタイミングを計りかね、ただ時計の時を刻む音だけが静まり返った室内に響き渡る。

（ど、どうしましょう）

エリーゼの頭の中は絶賛パニック中である。

（お父さまとケヴィンさまが席を外してくれたのはいいけれど、こういうときはまずなんて言うものなの？　まずは会話のきっかけとしてお天気の話……は必要ないわよね、挨拶なんて……今さらだし……じゃ、じゃあ、いきなり『好きです』って言うの？）

「……あの、お嬢さま」

「は、はい！」

「ええと……もしかして、万が一、俺の自惚れで、聞き間違えとかバカな勘違いとかかもしれないので……、その、もし、今から俺の言うことがおかしかったら……、はっきりそう言ってくださいね」

「わ、わかったわ」

「その……先ほど、ケヴィン令息が言っていた、お嬢さまのお気持ちが向いている人物とは……もしかしたら、俺、なのでしょうか？」

「……そ、そうです……っ！」

「……っ」

ルネスは大きく目を見開くと、そのまま、とさりとソファの背もたれに体を預ける。

「嘘だろ……俺、ずっと兄貴枠から抜けられないとばっかり思ってたのに……」

体をもたれかけたまま、ルネスは天井を仰ぎ、ふう、と大きく息を吐く。

「夢みたいだ……」

「ゆ、夢じゃないわ」

エリーゼは顔をそろそろと上げ、ルネスを見る。

ルネスは、顔だけでなく耳も首も真っ赤だ。でもそれはたぶん、エリーゼも同じ。

「ねえ、ルネス。私の話を、聞いてくれる？」

「……っ、はいっ」

エリーゼの声にルネスがびっと姿勢を正す。

「ルネスは私にとって、ずっと兄のような存在だったわ。優しくて、頼りになって、安心できる、家族同然の人。大好きで、私の側にいてくれて当たり前の人。ルネスがいなくなる日がいつか来るなんて、今まで一度も考えたことがなかったの」

本当にずっと、ルネスはエリーゼの側にいた。そしていつも守ってくれた。

いつだって守られっぱなしだったから、エリーゼがいくら思い出を掘り返しても、そこにはいつもルネスがいた。

「次の婚約者が決まったら、私を守る役をその人に託すってルネスが言ったとき、とてもショックで胸が痛かったの。でも、そのときはまだ、胸の痛みの理由をわかっていなかったわ」

側にいるのが当たり前で、いないなんてありえなくて。

だから、そんなルネスがいつかエリーゼの側を離れる日が来るなんて、夢にも思ったことがなかった。

「でも、ケヴィンさまと噂されていると聞いたとき、嫡子同士でもいいと言うなら、どうしてルネスはダメなのって思った……それでようやく自覚したの」

恥ずかしくて、少しだけ下げていた視線を、勇気を出してルネスに向ける。

これから言う言葉は、ちゃんと目を見て言いたいから。

ルネスもまた、赤くなりながらもじっと見つめてくれている。

(きれいだわ……。若葉みたいに明るくて、生き生きと生命力にあふれていて、そして優しい、ルネスの緑の瞳……)

エリーゼは、どこかふわふわとした気持ちのまま言葉を継ぐ。

「私、ルネスが好き。大好き。ルネスがいいの。ルネスじゃないほかの誰かに託されたくないの。だからルネス、どうか私のお婿さんになってちょうだい」

「……っ、△~○＊＝▽ｘ☆……っ！」

「えっ？」

ルネスが大きな両の手のひらで顔を覆う。そして、何やら理解不能な言葉を発し始める。

エリーゼは不安そうに首をかしげる。

「ごめんなさい、よく聞き取れなかったわ。今、なんて言ったの？」

「…………失礼しました、なんでもありません」

たっぷり時間を取ったあと、ルネスは顔を覆っていた両手を外し真剣な顔を向ける。

「お嬢さま。お気持ちは大変うれしく、正直、天にも昇る心地です。今すぐお受けしますと言いたいところですが……正式に返事をする前に、まず父と弟に話をしに行かせてください。俺が婿に入るとなると、弟のセレイスが跡継ぎになるしかなくなりますが、家と折り合いが悪く、王城で仕官するようになってからずっと屋敷に帰ってこないのです」

「……ええと、それは、もしかしたらダメかもしれないってこと？」

「いいえ、なんとしてでも父と弟を説得するという意味です」

不安げに聞き返すエリーゼに、ルネスは口角を不敵に上げる。

怒涛の告白タイムが無事に終わり。

部屋の外で待機していたアリウスとケヴィンを再び中に入れ、ルネスの婿入りに当たって生じるマッケンロー伯爵家の後継問題について口にすると。

「ああ、セレイスのことなら、たぶん大丈夫だ。もしかしたらっていう話であいつの意思はすでに確認してある。脳筋の家風をぶち壊してやると息巻いてたぞ」

アリウスはあっさりとそんなことを言った。

「ちなみに、グウェンにも話は通してある。セレイスに出ていかれたときは、相当へこんでいたからな。和解する機会だとむしろ喜んでいた」

グウェンとはルネスの父の名前だ。マッケンロー伯爵家には息子がふたり、長男ルネスと次男セレイス、子はこの息子ふたりのみで娘はいない。

このグウェンとセレイスの間には、長年の確執があった。

ラクスライン公爵家の臣下の家系で、代々騎士職に就いているマッケンロー伯爵家は、紛うことなき武門の家である。

だがセレイスは本好きの勉強好きで、運動が苦手。剣術や体術を教えても身につかなかった。

それでもグウェンは諦めず、セレイスが学園に行くために王都に出るまで、毎日しごいた。

学園入学後、セレイスは自ら申請して早々に入寮、長期休暇も家に戻らなかった。卒業年には王城の文官試験を勝手に受験し、合格。王城勤めを始めてしまう。王城にある職員寮に直接引っ越し、その後も家には一度も戻っていない。

家族仲が悪い訳ではない。武門一辺倒のマッケンロー伯爵家の家風が大嫌いなだけ。

ルネスが嫡男としての責任にこだわったのは、たとえルネスに万が一のことがあっても、セレイスは絶対にマッケンロー家を継ぐことはないと思っていたから。

だからルネスも、エリーゼからの求婚をありがたくも受け入れる前に、なんとしてでも父と弟を説得せねばと、並々ならぬ決意を抱いたのである……が。

まさかの快諾。

しかも家風をぶち壊す気満々。

予想外の展開と主君の仕事の早さに驚くルネスに、アリウスは続ける。

「騎士や武官だけでなく、文官を志す者もマッケンローにいていい。セレイスは自分の代でそんなふうに変えてみせると意気込んでいたよ。私もその変化に賛成だ」

「セレイスが……あいつが帰ってきてくれると……そうですか」

「お前たちの話が正式に決まったら帰ってくると言っていた。だから家のことは心配要らない。それより、さっさとお前たちの婚約を発表しないと、カリスがうっとうしくてかなわん」

「いえ、公爵閣下」

ケヴィンが口を挟む。

「スムーズに話を進めるためにも、その前に噂の上書きをしなくてはいけません。発表は、次の夜会が終わってからにしていただけませんか」

「ほう。何か策があるのなら言ってみろ」

アリウスの目がきらりと光った。

◇◇◇

それが起きたのは、エリーゼとルネスが想いを確かめ合ってから十日ほどあとのこと。

アリウスは応接室で仕事相手と商談を、公爵夫人は友人たちを招待し、庭でお茶会を開いていた。

「何かしら」

「騒がしいですわね」

門の外側で何やら騒ぐ声が聞こえ、夫人たちはいぶかしげに外に視線を向ける。

男女複数が入り混じる声で、こちらに近づいてきているらしく、声がだんだん大きくなる。そして、美しく整えられた植木の向こうから、公爵家私設騎士団の制服を着た騎士たちが現れた。

いや、騎士たちだけではない。彼らは、令嬢らしき女性ひとりと男性ふたりの腕を掴んでいる。非常にものものしい雰囲気だ。

腕を掴まれている三人が大声で喚いている。先ほどから聞こえていた声は、彼らが発していたもののようだ。

「どうかお許しください！」

「オレたちは金で雇われてただけなんですっ！」

「話は中で聞く。さっさと歩きなさい」

「お父さまを、お父さまを呼んで！　令嬢のわたくしをこんなふうに連行するなんて許されないわよ……っ！」

「君に言われずとも、これから関係する各家に知らせを送る。ラクスライン公爵家に害意を持つ君を、果たして父親がかばうかどうか見ものだな」

「話しますっ、なんでも話しますから！　オレたちはこの女に……っ」

騎士たちにたしなめられても騒ぎ続ける三人の声は、門からのアプローチを抜け、庭を回って屋敷裏口に向かう道へ進むにつれ、だんだんと小さくなっていく。

しばし呆然とその様子を遠くから見ていた夫人たちは、やがてそれらの声が完全に聞こえなくなると、口々に話し始めた。

「行きましたわね」

「なんだったのかしら。公爵家《こちら》の騎士たちが捕まえたようでしたけれど……」

「令嬢らしき方もいらしたわ。どの家の方かしら」

ぼそぼそ、ぼそぼそ、とそれぞれ隣に座る者同士で話していると。

「みなさま、ちょっと失礼しますわね」

ラクスライン公爵夫人ラウエルが、不安げな表情を浮かべてそっと席を立つ。そして急いで屋敷の中に入っていく。それを見送った夫人たちは、ふう、と息を吐き、思い思いに語り始める。

「きっと様子を見に行かれたのね」

「ご自分の屋敷で起きたことですもの。そりゃあ気になるわよね」

「ねえ、一体なんだったのかしら」

「男たちは、お金をもらってどうこう、とか言ってましたわよ」

「あの令嬢が、お金であの男たちに何かさせようとしていたってこと？」

「まあ、怖い――」

「でも――」

夫人たちは、先ほどの騒ぎを話のタネに、ひとしきり盛り上がる。そしてやがて落ち着きを取り戻した頃、浮かない表情のラウエルがお茶会の席に戻ってきた。

「ラウエルさま。大丈夫ですの？　なんだかお顔の色が……」

心配だという表情で好奇心を押し隠し、夫人たちはラウエルに気遣いの言葉をかける。

ラウエルは悲しげに眉を下げ、口元を扇で覆う。

「お気遣いありがとうございます。ええ、大丈夫ですわ。ただ妬みというものは恐ろしいと肌で感じましたの。だって、うちのエリーゼが――」

夫人たちはラウエルが語り出した言葉に、瞬きも忘れてじっと聞き入った。


同じ頃、商談中の応接室ではこんな会話が交わされていた。

「何やら外が妙に騒がしいですな」

「ええ、妙ですな。今日は妻が庭で茶会を開いていますが、その声ではないようです。おかしいな、それ以外で来客はないはずだが」

「旦那さまっ！　失礼いたしますっ！」

慌ただしいノックのあとに、執事長マシューが入室する。

「なんだ。来客中だぞ」

「申し訳ありません。少しお耳を……」

マシューがアリウスの耳元に口を寄せ、何事かをささやく。アリウスの目が見開かれるが、すぐに平静な表情に戻る。

「……そうか。あとで私もそちらに向かう。先に取り調べを進めろ」

『取り調べ』――ささやき返したその言葉を、商談相手の侯爵はしっかりと聞き取った。そして、連れてきた従者にそっと目配せする。

従者は心得たとばかりに小さくうなずき、忘れ物を取りに行くふりをして部屋から出ていった。

これで遅くとも明日には何がしかの情報が集まるだろう、そう考えた侯爵は何も聞いていなかったかのような表情で、執事長マシューの突入で中断した話を再開する。

それから数日もしないうちに、ある事実が社交界で騒がれ始める。

「ねえ、お聞きになりまして？　ひどい話ですわよね。いくら振り向いてもらえなかったからって」

「お金で人を雇って公爵令嬢をおとしめようとするなんて。しかも複数の令嬢たちが絡んでいたそうよ」

「その話、私も聞きましたけど、本当ですの？」

「テムスカ侯爵夫人が偶然その場に居合わせたそうですから、間違いありませんわ」

「ロスタ伯爵夫人もいらしたそうだよ。庭でお茶会をしていたときだったんだって」

「ペルーガ侯爵は、ちょうど仕事の話で公爵邸を訪れていたそうだ」

「一体どこの家の方かしら。ずいぶんと無粋で卑怯なやり口ですこと」

彼らはひそひそとささやき合う。

想いを確かめ合ったエリーゼとルネスの仲を引き裂こうとして、ある令嬢たちが偽の噂を流した。

エリーゼを別の令息に縁付けるためだ。

だが、その噂は一時期社交界を騒がせはしたものの、愛を誓ったふたりを引き裂くことはできなかった。

嫉妬《しっと》に狂った令嬢たちはさらなる手を考え、男たちを金で雇った。不審な噂の出所を調べていた公爵家がちょうどその現場を押さえて――

そんな事実を。


ケヴィンが噂を拡散するときに雇った男性ふたりと、その伝手《つて》で見つけた若い女性。

その三人に身バレ防止のための変装を施し、ケヴィンが考えた台詞《せりふ》を暗記させ、『もっと悲壮な感じで』『そこは声を張り上げて』『手で目元を覆うだけで泣いて見えるから』などと演技指導をして臨んだ本番は、完璧な出来であった。

アリウスやラウエルはもちろん、マシューや私設騎士団の騎士たちまでノリノリで、役者ばりの演技力を発揮した結果、目撃した夫人たちや侯爵、また彼の従者らは、自分たちが本当の捕縛現場に遭遇したと信じただろう。

どこの家の誰が捕まったのか、正確にはなんの容疑だったのか。捕まった者の容貌や年齢などなど、詳細な情報は何ひとつ出ていないのに、みんなは裏で家同士の取引があったのだろうと勝手に納得してそれ以上追求しない。

公爵邸で連行された令嬢は誰だったのかという疑問も、みんなが勝手に妄想を膨らませては心の中で答えを出して、それで終わらせてくれている。

実際、騎士たちが捕まえた令嬢はケヴィンから借りた偽者だし、最大の捕縛理由である『悪漢に何かを依頼した』というのもまったくの嘘であるが、そこにつながるまでの行動――ルネスに恋慕した令嬢たちが、エリーゼと結ばせまいと好き勝手な噂をでっちあげたこと――はまぎれもない事実。

つまり、その件に関してだけは、れっきとした犯人が存在する訳で。

そのため、これまで噂を威勢よく触れ回っていた令嬢たちは、今やいつ自分に懐疑の目が向けられるかとびくびくしながら暮らすことになった。

もう彼女たちは、公の場でも私的な場でもその噂を口にすることはしないし、できない。した途端に『令嬢たち』のひとりと認定されるからだ。

むしろ、その『令嬢たち』の中に自分が含まれていないことを証明するために、今後はもうルネスに関心がないと、言葉でも態度でも周囲に示さねばならない。

こうして、すっかり外野は静かになり、社交界の流れは完全にふたりに――エリーゼとルネスに味方した。

これまで周囲はケヴィンとエリーゼの仲を応援していたのに、なんなら結構な圧さえ感じていたのに、がらりと流れが変わったことにエリーゼはびっくりである。

最初に案を出したのはケヴィン、演出と脚色は父アリウス。

なんとも見事な連携プレイに、エリーゼは貴族としての立ち回りの大切さを身に染みて学んだ。

実は陰でこっそり母ラウエルも演出に口を出していたのだが、それを知るのはアリウスだけである。

そして満を持して参加した次の夜会。

エリーゼはルネスのエスコートで出席する。

地味で控えめでパッとしないエリーゼはもういない。

洗練されたデザインのドレスを身にまとい、美しく髪を結い上げ、ルネスの隣で花が綻ぶような笑みを浮かべる。

ルネスは周囲が見守る中、エリーゼの前にひざまずく。

「エリーゼ・ラクスライン公爵令嬢。私ルネス・マッケンローは、あなたをずっと想っておりました。一生涯、全力で守り抜くと誓います。どうぞ私のこの手を取ってください。貴女をこの手で幸せにする栄誉を、どうか私にお与えください」

そして、みんなの前でプロポーズをした。

「ありがとうございます。喜んでお受けしますわ」

差し出されたルネスの大きな手のひらの上に、エリーゼの白手袋をはめた小さな手がそっと乗せられる。

会場がわっと湧いたそのとき、会場の柱の陰から、ラウロ・カリスが悔しそうに歯噛みしながらその様子を見ていたことを、ふたりは知らない。

そしてもうひとつ、この夜会から数週間後、ラクスライン公爵家にとんでもない知らせが届くことも。

「え？　オズワルドが？」

夜会でルネスが公開プロポーズをしてから二週間ほどあと。

正式な婚約発表の場として公爵家主催のパーティーの準備を進めていたとき、ラクスライン公爵邸に二通の手紙が届く。

一通はゴーガン侯爵からで、もう一通は蟄居《ちっきょ》中のオズワルドの側付きのジェラルドから。

ただし、ジェラルドはこれまでも逐一ゴーガン侯爵に報告を入れていたらしく、手紙に書かれていた内容に、ほぼ差異はない。

そう、どちらも内容は同じ。

――〈オズワルドが蟄居《ちっきょ》先を抜け出して王都に向かっている〉だった。


ゴーガン侯爵の領地の外れにある小さな屋敷に蟄居《ちっきょ》していたオズワルドには、掃除洗濯料理などを行う数人の通いの使用人のほかは、側付きのジェラルドのみが付けられた。

ゴーガン侯爵邸で執事を務めていたジェラルドは、姉がオズワルドの乳母だったこともあって、オズワルドが子どもの頃から、使用人という枠を超えて彼の成長を見守ってきた。

そんなジェラルドは当然、オズワルドとエリーゼの婚約破棄を聞いて悲しんだし、そこに至った経緯を知るとさらに悲しんだ。そして、オズワルドの処遇が決まると、領邸での執事職を辞して、蟄居《ちっきょ》先で世話係となることを志願したのだ。

ジェラルドからの手紙には、オズワルドが蟄居《ちっきょ》中の屋敷を飛び出した経緯が書かれている。

蟄居《ちっきょ》して間もない頃は、エリーゼとの復縁を願い、毎日のように手紙を書いていたこと。だがだんだんと落ち着いてきたこと。

ある日、オズワルド宛てに一通の手紙が届き、状況が変わり始めたこと。

差出人不明であったその手紙の中身を、ジェラルドが先に検《あらた》めていたため、内容も加えて記されていた。

〈元婚約者であるエリーゼ・ラクスライン公爵令嬢は、あなたが迎えに来るのをずっと待っておられます〉

オズワルドをおとしめる意図しか感じられないその手紙を、ジェラルドはその場で破り捨てたという。

その後、日を置いて二通目が届く。ジェラルドはそれもすぐに破り捨てた。

だが、三通目。ちょうど庭に出ていたオズワルドが、配達人から手紙を直接受け取ってしまう。その場で開封したため、ジェラルドが気づいて外に出てきたときには、すでに文面を読み終えたあとだった。

そのときはジェラルドが危惧したような反応はしなかったという。

『坊ちゃま。おそらくそれは、坊ちゃまを罠にかけるために書かれた手紙です』

焦って大声を出したジェラルドに、オズワルドは『そうだろうな』と苦笑したらしい。

『本当にエリーゼがオレを待ってるなら、本人がそう書いて寄越してるもんな』

その返事を聞いて、ジェラルドは悲しみを覚えつつも、ホッと安堵した。

これなら心配ない。きっと、このまま大人しく蟄居《ちっきょ》先であるこの屋敷で大人しく暮らしてくれると。

――しかし。

「ふむ……」

両方の手紙に目を通したアリウスは、顎《あご》を撫でながら思案する。

「一週間前に届いた手紙を読んで変わった……と」

以降、ジェラルドが何度止めても、オズワルドは屋敷を抜け出そうとするため、気づかぬうちにいなくなって行方がわからなくなるよりは、と出奔に同行しているという。

おかげで、オズワルドが今どの辺りにいるか手紙から把握できる。

「この手紙を書いた時点でマンテスだったら、明日には王都に着くな……」

もう一度手紙に視線を落とし、内容を再度確認したあと、アリウスはベルを鳴らす。

「旦那さま、お呼びでしょうか」

現れたマシューに、アリウスは、エリーゼとルネスをここに呼ぶように言った。

オズワルドが突然態度を変えた理由。それをふたりにも知らせておくためである。

秋の社交は、もうすぐ終わろうとしていた。

シーズンを締めくくる王家主催の夜会を除けば、大きな夜会は今日のレフスタ侯爵家主催のものが最後となる。

レフスタ侯爵は、カリス公爵と同じ派閥に属する人物だ。

議会での影響力は彼らの派閥内の三番手。カリス公爵ほどではないが、かなりの力を持っている。

実際、今日の夜会も侯爵の邸宅ではなく、王都で一番大きな宴会場を貸し切って開かれる大規模なもの。

そこに、アリウスとラウエル夫妻、そしてエリーゼも、パートナーのルネスとともに招待されている。ちなみに、ケヴィンには招待状は来ていない。

「お嬢さま。支度は整いましたか？」

姿見でドレスの確認をしていたエリーゼの耳が、ルネスの声を捉えて振り向く。

だが、ルネスの瞳に映るエリーゼの顔は不満げである。

その表情を見てルネスは、あ、と慌てて口を押さえるがもう遅い。

「もうルネスったら。お嬢さまって呼ばないと約束したじゃない」

「すみません。なかなか慣れなくて」

「本当は、敬語だってすぐやめてほしいんですからね？　そっちは待ってあげてるんだから、せめてお嬢さま呼びくらいちゃんと直してくれないと困るわ」

「わ、わかりました。エ、エリーゼ」

「……ん。次からは気をつけてね」

「……ふっ、はい、気をつけます」

振り返った瞬間は、頬を膨らませて怒っていたのに、ルネスが名前で呼んだ途端、エリーゼは顔を赤くしてもじもじしている。

それが可愛くて、ルネスはつい笑みをこぼしてしまう。

たった今怒られたばかりだが、そんなことはすぐに意識の片隅に追いやられ、エリーゼにそんな表情をさせたのがほかでもない自分であることが、ルネスはたまらなくうれしい。

お嬢さまという呼称も敬語で話すことも、長年の癖はなかなか抜けず、気を抜くとすぐにかつての護衛騎士として側にいたときと同じ口調になってしまう。

エリーゼはそれに距離を感じて嫌だと言うが、ルネスにそんなつもりはない。本当にただの癖だから、余計に直すのが難しい。

それならせめて、と一度に全部直すのを諦めたエリーゼが、まず名前呼びをお願いしたのだが、ルネスはそれすらうまく言えなくて、こうしてよくダメ出しをされてしまうのだ。

「……お前たち。イチャイチャしてないで、さっさとエントランスに降りてきなさい」

互いに互いを見つめ合って、もじもじそわそわしているふたりに、呆れ顔で声をかけたのは、待ちくたびれて部屋まで迎えに来たアリウスだ。

「ご、ごめんなさい。ええと、行きましょう、ルネス」

「はい。お……エリーゼ」

ルネスは照れながらも、肘をくっと曲げて差し出すと、エリーゼはそっと腕を絡ませる。たったそれだけで、ふたりはまた幸せそうにうっとりと見つめ合う。

「……浮かれるのは結構だが、忘れるなよ。オズワルドが現れるのは今日の夜会だ」

何をしてもしてなくてもふわふわとした空気が漂うふたりに、アリウスは念のためにと釘を刺す。

ふたりは表情をきりりと引き締める。

「わかっていますわ、お父さま」

「エ、エリーゼのことは必ず守ります」

そう言い切ったところまではよかった。

なのにそこで、ふたりは互いに顔を見合わせて、ふにゃりと笑ってしまったのである。

「まったく……」

アリウスは小さく肩をすくめると、急かすのを諦めて先に階段を降りていくのであった。


さすがは王都一番の宴会場と言うべきか。

大きな会場は鮮やかな花々ときらめく装飾品で飾り立てられ、シャンデリアの光がそれらをキラキラと美しく輝かせ、まばゆいばかりである。

会場に足を踏み入れれば、すぐに聞こえてくる楽団の奏でる軽快な音楽。給仕たちはトレイの上の色鮮やかな飲み物を微笑みとともに手渡してくれる。

招待客の層も幅広い。派閥のかたよりは多少あるものの、公爵家から男爵家、さらには裕福な平民事業家らなど、身分にこだわりはなさそうだ。

それはつまり、今回ケヴィンが招待客からはじかれたのは下位貴族だからではなく、ほかに理由があるということ。

おそらくは、前回ラウロがエリーゼと接触を図《はか》った際、途中でケヴィンが割って入ったことで、懸念材料として除外したのだろう。今夜もまた邪魔をされてはかなわない、と。

「ラクスライン公爵、公爵夫人。ようこそいらっしゃいました」

「おお、これはレフスタ侯爵。そして侯爵夫人」

「エリーゼ嬢もようこそいらっしゃいました。そちらは……噂の真実の愛のお相手ですかな」

「お招きありがとうございます。私の婚約者のルネス・マッケンロー伯爵令息ですわ」

「ルネスと申します。正式なお披露目は明後日ですが、書類上の手続きは終わっております」

「ほう……噂に違わぬ美丈夫ですな。これは、妻となる女性は気が抜けませんね」

「ふふ、自慢の婚約者ですわ」

言葉の合間に織りこまれた悪意には気づかないふりをして、エリーゼは幸せそうに笑ってみせる。

この秋の社交シーズンの間に、だいぶ社交というものに慣れてきた。

前の婚約者の制限でずっと社交を控えていたが、本来人付き合いが好きなほう。大人しく無口で静かだったのも、そうするよう言われていたからで、もともとはよく喋る。

これまでの弊害で人脈は心もとないけれど、少しずつ広がり始めている。まだまだ同派閥の人が多いが、先日の『真実の愛事件』以降、派閥を問わず声をかけてくる人が格段に増えた。

何より、いつも側にいてくれるルネスのおかげでエリーゼは頑張れる。

あなたは素敵だと、自信を持っていいと常に言い続けてくれるおかげで、魅力も能力も何もかもが足りないとけなす前の婚約者《オズワルド》にかけられた呪縛から逃れられるのだ。

（だから、今夜も乗り越えてみせるわ）

今夜ここで何が起きるか、いや、何を起こそうとしているか、エリーゼは知っている。

ジェラルドからの連絡で情報は筒抜け。

オズワルドが王都の宿に着いてから、彼の援助者を名乗る人物が接触し、宿代などの資金を与え、夜会に忍びこむための礼服などの手配をした、と。

アリウスは、配下の人間をあらかじめオズワルドたちが宿泊する予定の宿に送りこんでいた。

おかげで、その人物が接触してきてからも、無事にジェラルドとのやりとりはできている。

だから、王都に入ってからその人物が口にした詳細な計画まで知ることができた。

そう、事を起こす時間や場所に至るすべてを。

――だから、エリーゼの目に不安はない。

「そろそろダンスタイムね」

エリーゼはルネスを見上げて微笑んだ。

最初の頃はぎこちなかったふたりのダンスも、だいぶ落ち着いてできるようになった。今は、別の意味で照れてしまうけれど。

「……エリーゼ。俺と踊っていただけますか」

「ふふ、喜んで」

ルネスが差し出した手のひらに、エリーゼの手を乗せダンスフロアへ歩き出す。

彼らの決行は、ダンスタイムが終わったあと。

多少の時間のズレを折りこんだうえで、ダンスを終えたあとのエリーゼが、飲み物で喉を潤し、ご不浄かお化粧直しに向かうのを待つらしい。

もちろん、そうしなかった場合のこともあちらは考えているそうだが、パターンを増やしてこちらの対応が遅れるのは困る。

だから、タイミングはエリーゼたちが選ぶ。ダンスを終えたら、飲み物を受け取って、それから――

頭の中で、これからのことをひと通り復唱して確かめる。

(でも……そうね。今だけは)

エリーゼは目の前の大好きな人を見上げる。

今は、ルネスとのダンスの時間を楽しみたい。

エリーゼは、自分と同じく緊張の色が滲む淡緑色の瞳に微笑みかけた。

「ご令嬢にはこちらのお飲み物を」

ダンスを終えたエリーゼとルネスのもとに、飲み物をのせたトレイを持った給仕がやってくる。

深くかぶった真っ白の給仕帽に髪をたくし込み、ぶ厚い眼鏡をかけている彼は、トレイの端にある鮮やかな桃色の液体が入ったグラスを差し出しながらささやく。

「……中身は入れ替えてあります」

「ありがとう。ちょうど喉が渇いていたの」

「ご令息にはこちらを」

エリーゼが努めて明るく、そして周りに聞こえるくらいの大きめの声を出しながらグラスを受け取ると、給仕はもうひとつのグラスをルネスに差し出し、またも小声で「交換済みです」とささやいた。

ありがとう、と素直に受け取ったルネスは、その場でグラスの中身を飲み干し、空《から》のグラスを給仕の持つトレイに戻す。

「……一応言っておくが、給仕帽から君の目立つオレンジ色の髪がひと房はみ出ているぞ」

ルネスがそっとささやきかけると、給仕は眼鏡の奥の鳶色《とびいろ》の瞳をぱちぱちと瞬かせる。

「……給仕の顔など、いちいち真面目に見る者などいませんから、そんなに神経を尖らせなくても大丈夫ですよ」

小さい声でそう返した給仕は、エリーゼのグラスを回収して去っていく。

その後ろ姿を眺めるエリーゼが口を開いた。

「……ケヴィンさまに招待状が来なくて、かえって都合がよかったわね」

「そうですね。ああして堂々と給仕に扮してまぎれこめますからね」

「ふっ、堂々とまぎれこむって……ルネス、言い方がちょっと変よ？　まあ、たしかに堂々としてたけど」

「それ以外の表現が思いつきませんよ。初めての潜入とは思えないほど、落ち着いてましたから」

今回のように大規模な夜会が開かれる場合、宴会場の従業員だけでは数が足りないので一時的に人員を雇い入れることになる。

その場合に募集対象となるのは、給仕や掃除人、皿洗いなど、専門性が低く、かつ使いまわしがきく者たちだ。

今回、意図的に招待客から外されたケヴィンはそれを逆手に取って、今日の夜会のために雇われた宴会場の給仕のひとりと入れ替わっている。

その給仕は、エリーゼとルネスに指定された飲み物を手渡すよう言われていた。

事が露見したとき、令嬢令息に薬を盛った実行犯として——当人には飲み物に薬が入っていることを知らされていないとしても——処罰される用の捨て駒《ごま》である。

もちろん、ケヴィンがグラスをすり替えたので、彼に咎が及ぶことはない。

さて、薬の入っていない普通の飲み物を受け取ったエリーゼとルネスだが、今この会場のどこかで、ふたりの体調に異変が起きるのを期待して待っている誰かのために、飲んでもいない薬が効いたふりをしなければならない。

「……ふう」

そのための演技指導も屋敷で受けてきた。成果の見せどころだ。

エリーゼは頬に手を当て、苦しそうに息を吐く。

「……ルネス、私、なんだか熱くて、それにくらくらするの。休憩室に行ってもいいかしら」

「……俺もなんだか気分が……会場の熱気に当てられたのかもしれません」

そう言ってから会場をあとにしたふたりは、廊下をゆっくりと進んでいく。

エリーゼは苦しそうに胸元を押さえ、ときどき眉根を寄せる。そんなエリーゼに手を貸すルネスも、何やら足元がおぼつかない様子である。

なんとか女性用休憩室まで辿りつくと、ルネスは扉の前に立っていた女性使用人にエリーゼを託し、彼自身もまた男性用休憩室で少し休むと言って、さらにその先へ進んでいく。

今回の夜会では、男性用と女性用で何部屋か用意されていて、エリーゼとルネスは一緒の休憩室に入ることができない。

女性用休憩室の中は、こうこうと明かりがついていて、手前にテーブルとソファ、奥に続く部屋には大きなベッドが置いてある。

エリーゼは手前の部屋にあるソファに腰を下ろし、苦しそうに額に手を当てながら背もたれに体を預ける。そして休憩室付きの女性従業員に震える声で話しかける。

「冷たい飲み物をいただけないかしら。なんだか熱くて苦しいの」

「かしこまりました、今取って参ります。奥さまの安全のために、私が戻るまで部屋の外側から鍵をかけさせていただきます」

「そうね、それがいいわ。知らない人が突然入ってきたら困るもの」

ぱたぱたと扇子《せんす》で顔をあおぎながら答えるエリーゼに、女性従業員は「失礼します」と部屋から出ていった。カチャリと施錠する硬い金属音がする。

だが、それからしばらく経っても、その女性従業員が飲み物を持って戻ってくる気配はない。

「遅いわね……何をやっているのかしら……」

「あの従業員なら待ってても来ないよ」

怠そうに体をソファに寄りかからせながらつぶやいたエリーゼの耳に、女性用休憩室《こ　こ》にいるはずのない低い男の声が聞こえてきた。

ハッと顔を上げ、エリーゼはきょろきょろと周囲を見回す。

「やあ、エリーゼ嬢。オレはここだよ」

そう言うと同時に、ベッドのある奥の部屋のカーテンの陰から、ひとりの男が現れた。

「久しぶりだね。オレのこと覚えてるかな。君と会うのはこれで二度目なんだけど」

満面の笑みを浮かべてエリーゼの前に立つのはラウロ。オズワルドとの婚約によって、縁談を回避した因縁の相手であった。

（来たわね……）

エリーゼは、それまで寄りかかっていたソファから上半身を起こし、姿勢を正した。

コツコツと靴音を鳴らしながら、ラウロが近づく。

「おやおや。大丈夫かい、エリーゼ嬢。なんだかとっても苦しそうにしているねぇ。そんなに強い媚薬でもなかったと思うんだけど、君は薬に弱いのかな」

「カリスさま、どうしてあなたがここに……」

「どうしてだって？」

警戒心もあらわに睨みつけるエリーゼに向かってラウロは両手を広げる。まるで舞台の上の役者のような大袈裟な仕草だ。

相変わらず、きらきらと目に優しくない服装をして現れたラウロを前に、エリーゼは怒りでつい、演技していることを忘れそうになる。

そんなエリーゼの気も知らず、ラウロは胸元に手を当て、大きくため息をついた。

「そんなの、君を助けるために決まってるじゃないか。もうすぐあの窓から、君を襲おうとして元婚約者が忍びこんでくるからね」

（……白々しいこと）

「それでね、元婚約者に襲われそうになった君を、このオレがあわやというところで助けてあげるんだよ。でもさ、オレが元婚約者の暴走を止めたとしても、媚薬を盛られた君の体がうずいて辛いのは変わらない。それで、君はこのオレに頼むんだ。助けて、辛いの、どうか抱いてくださいって。どうだい、ロマンチックだろ？」

ラウロはぎゅっと自分の体に両手を回し、抱きしめる仕草をしてみせる。

うっとりしながら言っているが、内容がおかしいとわからないのだろうか。先ほどからエリーゼが向けている嫌悪のこもった冷たい眼差しに、この男はまったく気づかない。

「まあ、窓の近くに護衛を張り込ませてるからさ、あの男が実際にこの部屋に忍びこんでくることはないけどね。護衛があいつを捕まえてここに放りこむのを、オレはただ待っていればいいって訳」

計画通りに進んでいるのがよほどうれしいのか、ラウロは饒舌《じょうぜつ》だ。

それからずっと、本当はエリーゼの婚約者は自分がなるはずだったとか、幼女趣味はないとか、平民に逆戻りは嫌だとか、なかなかオズワルドが誘いに乗らなくて困ったとか、ペラペラぺらぺらとしゃべり続ける。

「あの男って、けっこう薄情だよな。元婚約者の君が迎えに来るのを首を長くして待ってるよって書いてやったのに、全然動かないんだぜ。最初は使用人が手紙を握りつぶしてるのかと思って、似たような手紙をそれからも何度か書いたけど、どうもそうじゃないみたいでさ。だから文面を変えたんだ」

そしたらコロッと引っかかってくれたよ、とラウロはけらけら笑う。

エリーゼは先ほどからずっと無言である。呆れて言葉も出ないとは、まさにこのことだ。作戦でなければ、誰がこんな男と同じ部屋にいるものか。

だがラウロは今、エリーゼとふたりきりなのが相当うれしいらしい。彼の笑いは、なかなか収まらない。

「ああ、ごめんごめん。つい話しこんじゃった。忘れてたよ、そのままじゃ君の体が辛いよね？どうせ静めるのはオレなんだし、先にイイコトしちゃおっか？」

ぺろりと舌で自分の唇を舐めたラウロは、首元のクラヴァットをしゅるりと緩める。

「大丈夫。純潔じゃなくなったって心配いらないよ。オレが君をもらってあげるから」

「……お断りしますわ。私にはルネスがいますもの」

息を荒らげるフリも苦しそうなフリも、先ほどからやめている。今のエリーゼは、筆頭公爵家の名にふさわしい立派な淑女だ。

だが、そんなことにも気づかないラウロは、解いたクラヴァットをふぁさりと床に落として笑う。

「おもしろくない冗談はやめようよ。あの男なら今頃、睡眠薬が効いてすやすや呑気に寝ているぜ。横に裸の女を侍らせながらな」

「そっちこそおもしろくない冗談はやめていただきたいわ。ルネスはいつだって私を守ってくれるもの。そう約束したのよ」

「……はあ。あのさ、おもしろくないって言ってるだろ。もういい加減、諦めろよ」

そう言って、ラウロがじり、とエリーゼににじり寄ろうとしたとき。

不意に窓の外でガン、と何かがぶつかる音がした。

それから立て続けに、似たような音が何度か響く。

「ははっ、お待ちかねの暴行未遂犯が来たみたいだぞ」

やがて物音が止み、静けさが訪れると、捕り物が終わったと確信したラウロが早速、窓へ足を向ける。

「念のために十五名ほど護衛を配置しておいたんだ。すぐにカタがつくかと思ったが、さっきの音……あいつ《オズワルド》、少しは粘ったみたいだな。まあ、あとは部屋の中に転がして、君をオレのものにすれば目的達成だ」

オズワルドを投げこませるためにラウロが窓に手を伸ばす。だがそれより先に、外側からバンッと勢いよく窓が開き、人影が入ってくる。

「おわっ！」

驚いたラウロが一歩後退り、飛びこんできた人物を見て、目を見開く。

入ってきたのは、オズワルドではなく。

「……誰がエリーゼをものにするって？」

彫像のように表情を凍りつかせたルネスだったから。

「な……っ、どうしてお前が……っ」

ラウロはじりじりと下がっていき、終いにドンと壁に背をぶつける。

「……っ、な、なんで？　睡眠薬が効いてるはずじゃなかったのかよ？　そ、それに、あの男は……っ、元婚約者のあの男は、どこに行った？」

ルネスは酷薄な笑みを浮かべる。

「最初から来ていない」

「はあ？」

言われたことが理解できず、ぽかんと大きく口を開けるラウロに、再度ルネスは言う。

「オズワルドは、最初からここに来ていない」

「え？　いや、そんなバカな。宿でちゃんと打ち合わせを……」

「ここで捕まる暴行未遂犯は、オズワルドではなく貴様だ、ラウロ・カリス」

ルネスは大きく振りかぶり、勢いをつけて拳を繰り出す。

ゴンッ。

ルネスの拳がラウロの顔面にめりこむ。

白目をむいたラウロは、そのまま床にくずおれた。

◆◆◆

玄関先のポーチに腰かけて、花壇に咲いた薄紫色の花をぼんやりと眺めているのは、六か月ほど前に婚約破棄されたオズワルドである。父から命じられ、領地の外れで蟄居《ちっきょ》中であった。

蟄居《ちっきょ》生活の初めの頃は、エリーゼに復縁したいという趣旨の手紙を書きまくったり、脱走を試みたりしたが、すべて失敗。今は大人しくしている。

ジェラルドはお目付け役としてずっとオズワルドの側で目を光らせていたが、最近は家内の用事で側を離れるときがちょくちょくある。今がちょうどそれであった。

『こんにちは、こちら本日のお届けものです』

街の担当配達人が手紙を手に門前に立ち、ポーチに座るオズワルドに声をかける。

『ああ、どうも』

オズワルドは立ちあがり、門に向かう。誰もいなければ、門の脇に設置された専用の箱に配達物を置いていくが、人が外にいるときは直接手渡すのが普通だ。

手紙と言っても、領地の隅っこに蟄居《ちっきょ》中の自分に文が届くのは極めて稀で、たまに両親や兄たちからの手紙が来る程度、請求書の類《たぐい》が専らである。

『……うん？』

今日届いた手紙は二通。一日に二通とは珍しい。

一通はジェラルド宛てで商会からの請求書。

もう一通はオズワルド宛て。だが親や兄たちからではない。というか、差出人が書かれていない。

いぶかしく思いながら、その場で封を切り、便箋を取り出す。

〈――元婚約者であるエリーゼ・ラクスライン公爵令嬢は、あなたが迎えに来るのをずっと待っておられます〉

『へえ……』

小さなつぶやきが漏れるのと、ジェラルドが屋敷から飛び出してきたのは、ほぼ同時であった。

ジェラルドは、オズワルドの手に開封された手紙があるのを見て心配そうに問う。

『坊ちゃま。どなたからのお手紙ですか？』

『わからない。書いてないんだ』

オズワルドが手紙を渡すと、ジェラルドは文面に目を落とし、眉をひそめる。

『坊ちゃま。おそらくこれは、坊ちゃまを罠にかける目的で書かれたものかと……』

『うん、そうだろうな』

あっさりとうなずくオズワルドに、ジェラルドは、え、と間の抜けた声を出す。

『本当にオレを待ってるなら、エリーゼがそう書いて寄越してるもんな』

（そうだよ。それならあのときもそう書いたはずだ）

ここに押しこめられてすぐの頃、オズワルドは何度も何度も、復縁を願う手紙を書いてエリーゼに送った。

けれど返事が来たのは一回だけ。しかも、『ありえません』のひと言だけ。

（だから、この手紙に書いてあることが本当のはずがないんだ。……本当だったらいいとは、思うけど）

そのあとも、何度か同じ内容の手紙が届いたが、オズワルドが気に留めることはなかった。ジェラルドはそれに安堵したようだった。

六か月経ち、オズワルドはようやく蟄居《ちっきょ》先で心穏やかに過ごせるようになっていたのだ。

最初は、ただただ時間を持て余していた。何かやればいいのだろうが、さほど勉強は好きではないし、武芸、特に剣術はあの男《ルネス》を思い出すから嫌いである。いつもいつもエリーゼの側にいて、彼女が最も頼りにするルネスの得意分野など、わざわざ選ぶ訳がない。

ジェラルドがそれならと、読書、楽器、絵など気を遣っていろいろと提案してきたが、どれも興味を引かれず、エリーゼに復縁を乞う手紙を書く以外、しばらくオズワルドはただごろごろして過ごす日々を送った。

そんなオズワルドが最近になって興味を持ったのが、なんと庭いじりであった。

きっかけは草むしり。ジェラルドが腰を痛めてできなくなったのを、オズワルドが代わった。単純作業だが、引き抜いた草の山は成果がわかりやすく、簡単に達成感を覚えられた。

花を植えれば、大体だけどちゃんと咲く。小さな種を蒔けば、しばらく経つとぴょこぴょこ芽が出る。何より土に触れると、なんとなく気分が落ち着いた。

オズワルドの変化をジェラルドは喜び、腰痛が治った最近は、一緒に土いじりをするようになった。

それまで無記名だったオズワルド宛ての手紙が、名入りで届いたのは、その頃だった。

『名前が書いてある……』

差出人の箇所に記されていたのは、ラウロ・カリスという名であった。

〈あなたの元婚約者を襲う計画が立てられています。エリーゼ嬢を助けに来てくれませんか。今の婚約者のことも同時に襲う計画のようですので、彼を当てにできません。彼女を救えるのはあなただけです。このままでは彼女は汚されてしまうでしょう。あなたに助けられれば、きっとエリーゼ嬢は関係を元に戻すことを願うはずで――〉

これまでなら、内容を気にも留めないはずだった。そんなのありえない、オズワルドをバカにしたいのか、罠に嵌めたいかのどちらかだろう、と。

だが、今回は違った。

（エリーゼを襲う計画……？　婚約者《ルネス》も同時にって……）

襲う、汚される、という直接的な言葉が効いたのか、それとも誰よりも近くでエリーゼを守ってきたルネスが当てにならないと書かれていたことに衝撃を受けたのか、とにかく今回の手紙は、オズワルドの心の奥に真っすぐに届いてしまった。

読み終えてすぐに馬小屋に向かおうとしたオズワルドを、共に土いじりをしていたジェラルドが止めた。

『坊ちゃま、いけません！　坊ちゃまはこの屋敷の敷地から出ることを禁じられています！　出ていったら除籍されてしまいますよ⁉』

『なら、これを放っておけと言うのか⁉』

『旦那さまにお知らせすればいいのです！　きっと手を打ってくださいます！　ラクスライン公爵家にも知らせを送ってくださるでしょう！』

『そんなの、どうなるかわからないだろ⁉』

『坊ちゃま！』

ジェラルドはどうにか引き留めようと必死だが、その日の夕刻、オズワルドはこっそり屋敷を抜け出そうとした。しかしジェラルドに発見されてしまい、寝室に押しこめられる。

慌てたジェラルドは、手紙に仔細を書いてすぐ侯爵に送った。

長く侯爵家に執事として仕えてきたジェラルドは、ラウロ・カリスという名に覚えがあった。派閥的にも立場的にもゴーガン侯爵家に友好的であるはずがないカリス家。ジェラルドは説明を重ねるが、オズワルドの頭の中はすっかり正義のヒーロー状態。どうやっても押さえが利かない。

エリーゼが危ない目に遭いそうなのだ。オズワルドはそれを助けに行くのだ。一度は縁のあった女である、助けに行くのが元婚約者の務め。

オズワルドは、次の日も、その次の日も、隙を見ては抜け出そうとした。

ジェラルドが諫めても効果はなく、むしろやる気を強めるだけ。

エリーゼを襲う計画そのものが嘘かもしれない、とジェラルドが言うと、本当だったらどうするのだとオズワルドが言う。

オズワルドが行かずともゴーガン侯爵を経由してラクスライン公爵に手を回してもらえばいいと言えば、犯人が捕まらなければ同じことがまた起こるとオズワルドが言う。

もとより、一度思いこむと、なかなか軌道修正ができない性質《たち》である。今回はそれが悪い方向に作用した。

そして、ついにオズワルドは出発の許可をもぎ取る。

実際は、目を盗んでこっそりいなくなられるより一緒に行動して動向を把握し、逐一侯爵家に報告するほうがいいとジェラルドが判断したのだが、そんなことをオズワルドは知らない。

よし行くぞ、エリーゼを助けるぞと鼻息荒く、オズワルドは普段、街への買い出しに使う小さな馬車に乗りこんだ。ジェラルドは御者役だ。こうして、ふたりは出発した。


王都に向かうオズワルドたちの馬車を見張る者がいた。

一定の距離を置いて付いてくる馬車。

オズワルドはエリーゼを助け出す妄想に夢中で後方など見もしないが、御者をしていたジェラルドは気づいた。

さらに言うなら、見張りの存在に気づいたジェラルドが、馬車の後方を何度も不安そうにちらちら見ていたのだが、オズワルドはそれにも気づかなかった。

見張りと言っても、距離を空けて遠くからそろそろと付いてくるだけで、何かしてくることもない。オズワルドが本当に王都に向かっているか、確かめるのが目的のようだった。

そんな緩い監視だから、ジェラルドが道中に滞在する宿からゴーガン侯爵に宛てて手紙を送ってもバレることはなかった。

オズワルドに至っては、ジェラルドが目の前で侯爵宛ての報告文を書いているにもかかわらず、蟄居《ちっきょ》先から持ち出した仕事を片づけていると勝手に勘違いして『こんなところでまで大変だな』と労う始末だ。

せっかく一度は落ち着いたのに、今のオズワルドの頭の中は、とにかくエリーゼのことばかり。やっと会える、颯爽と助けていいところを見せるぞ、ルネスなんかに負けるものか、とそんなことを日がな一日考えていた。

馬車で移動中のときも、宿に泊まっているときも、オズワルドは頭の中にいる格好いい自分に酔いしれるのに忙しい。

だから旅程も宿選びもすべてジェラルドに任せきりで、彼が宿屋を介して何度もゴーガン侯爵家、果てはラクスライン公爵家にまで連絡を取っていることにもずっと気づかなかった。

そして、移動を始めて六日目。王都まであと二日という頃、オズワルドの泊まる宿に見知らぬ男が現れた。男は『ラウロ・カリス』の使いと名乗った。

使いの男は、蟄居《ちっきょ》先を飛び出したオズワルドを勇気ある行動をしたと褒め称え、オズワルドを大いに満足させた。

さらに路銀の足しにしてくださいと金まで渡す。

ラウロに関しては、王都でオズワルドを待っている、と言伝《ことづ》てた。

もちろんこの件に関しても、ジェラルドはすぐにゴーガン侯爵、およびラクスライン公爵に報告の手紙を送っている。いつもながら、オズワルドは気づかなかった。

それからさらに二日。

オズワルドは無事に王都に到着する。

——が、その日の夜。

オズワルドが泊まる部屋をラウロが訪れた。そして順調な旅は終わりを告げる。

『お前には、エリーゼ嬢を襲う犯人になってもらう』

『…………は？』

誇らしげにラウロを迎えたオズワルドの顔色が、さっと悪くなる。

『なに、バカなこと……』

ラウロは、にやにやと笑いながら言葉を継ぐ。

『いいか、ちゃんと言うことを聞けよ。お前が連れてきた従者のおっさんは、オレが預かっている。お前が言う通りにしなかったり、逃げたりしたら、おっさんの命はないぞ』

『……っ』

ここで初めて、オズワルドは気づく。

一階の食堂で夕食を取ったあとからジェラルドの姿を見ていない。外に必要品でも買いに出たのかと思っていたが、そうではなかった。

『……ジェラルドは無事か？』

『お前の態度次第かな。なあ犯人くん』

『……オレは犯人じゃない、犯人を止めるために、ここまで来たんだ』

『残念だったな。お前は犯人で、お前を捕まえるのがオレだ。そのことでエリーゼに感謝されるのもオレだよ。そして恩を感じたエリーゼは、オレのプロポーズをありがたく受けて結婚するんだ』

『……エリーゼがお前なんか相手するもんか』

『……』

ラウロは無言で手を振り上げ、オズワルドの頬を張る。

『みじめにフラれた元婚約者は黙ってろよ。いいか。お前が犯人として捕まる夜会の日付を教えておくから、その日までここで大人しくしてろよ。ああそうだ、部屋の扉の前に今日から見張りを置くからな。逃げようなんて思うなよ？』

ラウロは自分の言いたいことだけをさっさと言うと、返事も聞かずに部屋から出ていった。

ひとりになった室内は、当たり前だがとても、とても静かで。

『ジェラルド……』

オズワルドのつぶやきが、静まり返った室内に響く。

オズワルドは混乱していた。

ジェラルドがさらわれてしまった。怪しいから行くなと何度も忠告していたジェラルドが、ラウロに人質に取られてしまった。

今になって思えば、オズワルドが勇んで王都に来たって、何かできるはずもなかった。

ジェラルドの言う通り、手紙で報告するだけでよかったのだ。

ラウロがオズワルドによくない感情を持っているであろうことも、ジェラルドは忠告してくれていたのに。

(……ガラにもないことを、しようとしたからかな)

ルネスが這いつくばる姿を思い浮かべ、万能感に浸っていたここ数日がウソのようだ。オズワルドはこれ以上ないくらいの無力感に苛まれ、頭《こうべ》を垂れる。

エリーゼを襲う計画が立てられている、助けることができるのはオズワルドだけだ、そう書いてある手紙を見たとき。

おかしい、そんなのありえないって、心のどこかでわかっていたのに、こうしてのこのこと王都に出てきてしまった。ジェラルドまで巻きこんで。

(やっぱりオレは、ルネスみたいにはなれないんだ)

なれないどころか、このままでは、近い将来エリーゼを襲った犯人にされてしまう。

『……どうしよう』

今、オズワルドはひとりだ。なんだかんだと助けてくれるジェラルドも、末息子に甘い両親もここにはいない。ほかに誰もいない室内で、心細さにぽつりとそうつぶやいたとき。

道に面する窓の向こうから、コツコツとガラスを叩く音がした。

◇◇◇

オズワルドが蟄居《ちっきょ》先を抜け出し、王都に向かっているという知らせが、ゴーガン侯爵を通してラクスライン公爵家にも知らされたとき、アリウスはルネスを呼び、この件の対応を一任した。

『未来の婿殿よ、頼んだぞ』

以降、ジェラルドから届いた連絡はすべてルネスに渡るように手配され、ルネスの机の上にはそれらの報告書と、部下からの調査書類などが積み上がっていくことになる。

ジェラルドは几帳面な性格らしく、まめまめしく手紙が届く。警戒態勢の今はそれがありがたい。

そして今、ルネスは先ほど届いたばかりの部下からの報告書に目を落としていた。
・ラウロが宿の主人を脅し、配下の者を潜りこませた。
・オズワルドの世話係がさらわれた。
・ラウロが、オズワルドが泊まっている宿に向かっている。
・世話係が連れ去られた先を確認中。
・ラウロが雇った破落戸《ごろつき》の人数を確認。
『……そろそろ動くか』

報告書を読み終えたルネスは、立ち上がり、騎士の制服を脱ぐ。

そして、シンプルな白シャツと黒のズボンに着替え、その上に焦げ茶色のローブを羽織る。変装用のペンを手に取り、ほくろやそばかすなどを顔に書き足し、帽子を目深にかぶる。念のために眼鏡もかけた。

タウンハウスの裏口から厩舎《きゅうしゃ》に向かい、愛馬にまたがって一気に宿の数区画手前まで駆ける。

オズワルドが泊まる予定の宿については、先にジェラルドから報告されていたため、建物の場所も、オズワルドが泊まる部屋番号も把握している。ついでに言うなら、その隣部屋を取っているのはルネスだ。

目指す宿屋の近くまで行き、見張り用に配置していた部下のひとりに馬を預ける。そこから歩いて宿に向かう。

宿の主人との話し合いは済んでいる。挨拶して部屋の鍵を受け取るときに、宿の主人はそっとメモを忍ばせた。ラウロが脅して中に潜りこませた者の人数が書いてあった。それを、頭の中で部下から聞いた数とすり合わせながら部屋に向かう。

階段を上って三階の廊下に足を踏み入れると、奥から二番目の扉の前に男がふたり立っている。

厳つい顔、大きな体、ラウロが置いた見張りだ。

ルネスが近づくのを見て、じろりと敵意のこもった視線を向けるが、少し怯えた表情を浮かべながら持っていた鍵を彼らに見せれば、なんだ客か、と興味をなくした様子で、また扉の前に張りついた。

ルネスの部屋は、見張りが立っているところのひとつ手前。

扉の前で立ち止まったルネスは、鍵を差しこんで回す。手間取るフリで時間をかけ、目線だけで男たちを確認すると、彼らはただ正面の壁を眺めていた。

部屋の中に入ったルネスは、そのままオズワルドがいる部屋のほうの壁に向かう。耳を当てると、かすかに話し声が聞こえる。だが、聞き取りにくい。

ルネスは、室内の小さな丸テーブルの上に置いてあったガラスのコップを手に取り、それを壁につけ、底側に自身の耳を当てた。先ほどよりも声がはっきり聞き取れる。

（この声はラウロか……）

ラウロはオズワルドを脅しながら、ぺらぺらと計画をしゃべっている。

オズワルドが口答えをすると、バシッと音が聞こえてきた。腹を立てて殴ったようだ。

ラウロが口にした日付に、ルネスは記憶を探る。

その日はレフスタ侯爵家主催の夜会があった。ルネスたちも招待されている。

（たしか、侯爵邸ではなく宴会場を貸し切って開催すると聞いている。……なるほど、侵入者を許した責任を、宴会場の管理者になすりつける気か……）

ラウロが去り、静かになったことを確認したルネスは、コップを元の場所に戻し、道に面した窓からベランダに出る。

宿に入る前に確認したところ、建物の外の見張りは入り口のすぐ横にひとり、両角のそれぞれにひとりずつ。建物近くに立っているため、上を見上げてもベランダにいる姿は確認できない。

ルネスは焦げ茶色のローブの前ボタンがしっかり留まっていることを確かめたあと、ひらりと隣のベランダへと飛び移った。

レフスタ侯爵家主催の夜会前日、オズワルドの軟禁先である宿の部屋に、ラウロから礼服が届く。これを着て、宴会場に来いということだ。――エリーゼを襲う犯人として捕まるために。

当日には、夕刻にラウロが手配した馬車が宿に差し向けられる。その馬車が、オズワルドを「犯行予定現場」まで連れていくのだ。

『はあ……』

届いた礼服を見つめ、オズワルドがため息をついていると、窓の外、ベランダからコンコンとノックの音がする。誰かはわかっている、ルネスだ。もう何度もそこから出入りしているから、オズワルドが驚くことはない。だが、ノックはしてもオズワルドの返事を待つことはなく、カラカラと窓を開けて中に入れば、オズワルドはルネスを不満げに睨みつける。

『おい、ルネス。前も言ったけど窓を勝手に開けるなよ。そして、勝手に入ってくるな』

最初のときこそ、窓からの侵入に驚き、腰を抜かしたオズワルドだが、今はもうすっかり慣れ、以前のような憎まれ口を叩くようになっている。

オズワルドのこの態度には慣れているから、ルネスは軽く肩をすくめるだけで気にする様子はない。というか、元婚約者になったオズワルドに気を遣う必要はもうないので、今は敬語も取れているうえに名前も呼び捨てだ。

『いよいよ明日だ。オズワルド、段取りはわかってるな？』

『……段取りって、明日ここに寄越される馬車はすり替えてあるって話だろ？　オレがすることなんて何もないじゃないか』

『見張りの連中は、オズワルドが馬車に乗るのを見届けるまでが仕事だ。だから、怯えたふりをするのを忘れるな。くれぐれも土壇場で変な行動力を発揮して、脱走したりするなよ。大人しく馬車に乗るんだぞ』

『わかってるよ』

オズワルドはそっぽを向くが、少し間をおいてから小声で付け加える。

『……ジェラルドは大丈夫なんだよな？』

その様子にルネスは心の中で苦笑しつつも、声は平坦なまま答える。

『君と同じタイミングで救出する作戦だ。俺はエリーゼと一緒に夜会に出席するから、部下を向かわせる』

『助けてくれるなら誰でもいい。一番危ないのはエリーゼなんだろ。あの性悪男が狙ってるんだし』

『まあな。君のところに来て脅したり、婚約を解消したり、媚薬を用意したりと、あの男もここのところずいぶんと忙しそうだった』

『は？　婚約解消？　いやそれより媚薬？　なんだよ、それ！』

思わず大きな声を出したオズワルドに、ルネスは、『しっ』と口元に人差し指を当てる。

ラウロの雇った見張りは今ではすっかり気が緩んでいて、連日扉の前で酒盛りをしているが、だからと言ってあまり大きな声を出すのはよろしくない。

『……悪い。だが、今のはどういうことだよ？』

『言った通りだ。エリーゼには媚薬、そして俺には睡眠薬を飲ませて、別々の場所に閉じこめるつもりらしい』

『……嘘だろ、襲われそうになったところを助けて惚れさせるって話じゃなかったのか？』

『ついでに既成事実も作っておけば確実だとでも考えたんだろう。すぐに婚約に持っていけるようにと、ラウロは今の婚約者とつい先日、婚約を解消している。ラウロの発案なのか、カリス公爵の差し金か……どちらにせよ、理解し難い発想だ』

『……もしかしてあの男、薬を盛ったのもオレのせいにするつもりだったのか……？』

『だろうな』

顔色を悪くするオズワルドに、ルネスは続ける。

『だから、明日は大人しくすり替えた馬車に乗れ。間違っても夜会の会場に駆けつけようなんて考えるなよ？』

『……わかった。怖がるふりもちゃんとするよ』

オズワルドの返事を聞いて、ルネスもまたうなずく。そして、これで確認は終わりだと窓のほうに視線を向けたとき、その代わり、とオズワルドが言葉を続ける。

『ちゃんと守れ。オレが世界で一番嫌いな男からエリーゼを守ると約束しろ。お前のことは二番目に嫌いだけど、あいつよりはずっとマシだ』

頼んでいるにもかかわらず、睨みつけるような視線を向けるオズワルドに、ルネスはふっと笑う。

だが、ここで『引き受けた』とは言わない。

だって、オズワルドに頼まれる謂れはない。エリーゼの専属護衛騎士で、婚約者で、そして未来の夫でもあるのはルネスだ。

だから、同じく挑戦的な視線でこう返す。

『言われなくても』と。


夜会当日。媚薬を飲んだフリをしたエリーゼは潜りこませておいたルネスの部下に、ルネスは買収した従業員に、それぞれ休憩室に案内された直後のこと。

ルネスは計画通り、部屋の窓から外に抜け出した。

向かうのはもちろん、エリーゼが案内された休憩室である。女性用休憩室と銘打っておきながら、カーテンの陰にラウロが潜んでいるという、非常にけしからん休憩室だ。

ふたりがそれぞれ案内された部屋はかなり離れているが、それは想定内。

想定外だったのが、ラウロがこの計画のために連れてきた、護衛という名の破落戸《ごろつき》たちの数である。

(普通、窓の下で見張るためだけに十五人も置くか?)

人数を確認したルネスは呆れまじりのため息をつく。

だが、ここで躊躇《ちゅうちょ》している時間はない。エリーゼはすでに中にいるし、ラウロがそろそろ姿を現す頃だから。

ルネスは離れて立っている者たちに狙いを定め、そっと忍び寄っては、それぞれ一発で昏倒《こんとう》させていく。

とは言え、いかんせん人数が多すぎる。夜陰にまぎれてこっそりひとりずつ、という手法が通用したのは最初の四人まで。

四人目が倒れた時点で、気づいた三人がルネスに飛びかかる。それをルネスは時間差で殴り倒す。

残った八人は警戒して、少し距離を取りながらルネスをぐるりと取り囲む。

夜会用の礼服を着ていたルネスは、当然ながら帯剣していない。

相手の者たちも、ルネスの服装を見て同じ判断をしたのだろう。十五人から八人まで減っているのに、破落戸《ごろつき》たちの目には余裕がある。

（丸腰で来る訳がないだろうが）

ほかならぬエリーゼの危機なのだ。

万が一を考え、エリーゼが案内される部屋の奥の寝室には、あらかじめ女性従業員に扮した部下をひとり、ベッド向こうの死角に潜ませている。

ラウロ如き、防ぐだけなら部下ひとりで十分だが、それではルネスの怒りが収まらない。

ラウロに最も効果的な心的ダメージとなるのは、ルネス自身による邪魔だろう。

おそらくラウロは、事を成したあとにルネスの失態をエリーゼに知らせるはず。睡眠薬を盛られて昏倒《こんとう》し、エリーゼの危機に駆けつけられず、横に裸の女を置かれても気づかない間抜けな男とルネスを嘲笑うつもりでいるはずだ。エリーゼの心を折り、完全にルネスから引き離すために。

（させるものか）

エリーゼはルネスの主人。そして、大切な愛する女性。

立場ゆえに叶うはずのない想いだと諦めていたそのひとが、今はルネスの隣にいる。だからこそ行く。ルネスの手で、ラウロを阻む。阻まねばならない。

（まずは四人）

ルネスは袖の下に仕込んであった暗器を手に取ると、それぞれの手に二本ずつ、四本を同時に投げる。命中した四人は、それぞれが太腿《ふともも》を押さえてうずくまる。

相手側が驚いている間にまた四本投げれば、あっという間に立っている者はルネスひとりになった。

ルネスが窓の下に駆け寄り、様子を窺うと、室内から話し声が聞こえてくる。

潜ませた部下が動いた様子はない。それはつまり、間に合ったということだ。

『そっちこそおもしろくない冗談はやめていただきたいわ。ルネスはいつだって私を守ってくれるもの。そう約束したのよ』

窓の向こうから聞こえる、エリーゼの凛とした声。

助けに来ると微塵《みじん》も疑わない彼女の、その全幅の信頼に胸が熱くなる。早く助けに行かねば、と窓に手を伸ばした、そのときだ。

『……あいつ《オズワルド》、少しは粘ったみたいだな。まあ、あとは部屋の中に転がして、君をオレのものにすれば目的達成だ』

ルネスの頭の中が一瞬で沸騰する。

すでに聞いて知っている情報なのに、改めてラウロの口からその言葉が吐き出されたことに、ルネスは腹が立って、腹が立って、仕方ない。

事前の情報通り鍵がかかっていなかったその部屋の窓は、ルネスの怒りを前に、壊れるかと思うほどの勢いで開かれる。

『……誰がエリーゼをものにするって？』

ルネス自身が驚くほどの、低い声が出る。

ぎょっとして振り返ったラウロを見て、ふと、昨日のオズワルドの言葉を思い出す。

――オレが世界で一番嫌いな男からエリーゼを守ると約束しろ――

(……ああ、本当だな。珍しくオズワルドと意見が合ったよ)

拳を握りこむルネスの口元に、酷薄な笑みが浮かぶ。

(俺も、この男が世界で一番嫌いだ)

ルネスの鉄拳でラウロの身体は床に沈む。それをひょいとまたいで、エリーゼのもとに走り寄る。

「エリーゼ、無事ですね？　この虫けらに何もされていませんね？」

「ええ、私は無事よ。指一本触れさせていないわ。ルネスこそ大丈夫？　あの男が言っていたわ。窓の外に護衛が大勢いたのでしょう？」

「もちろん大丈夫じょ……」

「ご心配は無用です。破落戸の十五人程度、隊長にかかれば大したことはありません」

ルネスの声に被せるように聞こえてきた女性の声に、エリーゼは驚き、きょろきょろと辺りを見回す。

エリーゼとラウロがふたりきりにされた部屋にルネスが助けに飛びこんで、悪漢《ラウロ》を床に転がした……はず。

ではこの声はだれ？　そして一体どこから？

エリーゼは無意識にルネスに体をすり寄せる。

「こちらです」

再び女性の声。部屋の奥からだ。

「エリーゼお嬢さま、ラクスライン公爵家私設騎士団、第三小隊隊員のレナと申します。万が一のためにベッドの陰に潜んでおりました」

聞こえた通り奥の部屋に目を向ければ、ベッド脇に、先ほどまではたしかにいなかった若い女性が立っている。

身に着けているのは、この宴会場の従業員用の制服。ケヴィンのように、ラクスライン公爵家の私設騎士団の隊員もまぎれこんでいたのだろう。

「レナ……というのね。ずっと側にいてくれたのね。ありがとう」

「もったいないお言葉でございます」

「レナ。そこに転がってる男を裏口から連れ出せ。ラウロが失敗したことに奴の協力者たちが気づく前にここを出るぞ」

公爵家の騎士団員であれば、当然ルネスも見知っている。会話から察するに上司と部下だろう。

「先にみんなに撤収を伝えてきます」

「情報収集にひとりだけ残せ。証拠品の確保も忘れるな」

「わかりました」

レナはラウロを立たせ、後ろ手で縛る。それから、部屋の外で待機していた別の部下とふたりで、ラウロを両側から挟むようにして連れていった。

「では、エリーゼ。俺たちもこの会場を抜け出しましょう」

抜け出すとはどうやって？　と首をかしげると、ルネスは上着を脱いで、エリーゼの頭からすっぽりとかぶせる。

「え？」

「失礼します」

そう言うと、ルネスはエリーゼをひょいと抱きかかえる。

「ル、ルルル、ルネス？」

いきなりの真っ暗闇に、いきなりのお姫さま抱っこ。

動揺するエリーゼに、ルネスの声が服越しに聞こえる。

「窓から庭園を抜けていきます。危ないのでしっかり俺にしがみついていてください。上着から顔を出さないでくださいね」

「え？　あ、きゃっ！」

言われたことをきちんと理解する前に、ふわりと浮遊感が来る。と言っても、エリーゼの体はしっかり抱きかかえられているからか、恐怖は感じない。

むしろ、かぶった上着からほのかに立ち上るルネスの香りと、上着越しに聞こえるルネスの鼓動がエリーゼを安心させる。

周りが見えないので状況はわからないが、軽い振動は歩きの移動、先ほど感じたちょっとした浮遊感は窓から飛び降りたときのものだろうと察しはつく。

それから振動が速く小刻みになる。軽い駆け足で移動してるのねと、見えないながらもエリーゼがいろいろと想像を膨らませているうちに、待機させていた馬車に着いたらしい。

ガチャリ、と扉を開ける音がして、大きな揺れが二度。たぶんステップを上がった。それからゆっくりと降ろされ、かぶっていた上着を外される。

思っていた通り、そこは馬車の中だった。

「まずはラクスライン公爵邸へ帰りましょう。詳しい説明はそちらで」

ルネスが軽く天井を二度叩くと、馬車はゆっくりと動き出す。

無事に罠を回避したはずで、もう安心していい場面なのに。

エリーゼの心臓が今もなおドキドキと早鐘を打っていること。

そして暗い車内、窓から射しこむ街灯の光が照らすルネスの顔が、とてもとても赤いように見えること。

それが不思議で、エリーゼはまるで夢を見ているかのような気持ちになった。

ラクスライン公爵邸に到着すると、ルネスのエスコートで馬車を降りる。

今度はお姫さま抱っこではない。もう危険でも緊急でもないのだから当たり前だが、ほんの少し残念に思うエリーゼがそこにいる。

(……私、ルネスと婚約してからすごく欲張りになってしまったのね)

オズワルドと婚約していた頃、エリーゼは何も求めなかった。期待もしていなかった。

褒め言葉はなし、エスコートもなし、贈り物や手紙もなし、オズワルドからもたらされるものは文句と制限ばかり。

それが当たり前だと、それで仕方ないと思っていた。

愛し愛されてると呪文のように幾度も唱え、オズワルドの言動は自分の努力が足りないからだと自分に言い聞かせ。

バルコニーでオズワルドの本音を立ち聞きするまで、現実と自分の心から目を逸らしていた。

今となっては、あのときに偶然にもオズワルドの本音を知れてよかったと思う。

そうでなければ、きっと今もオズワルドと……と、そこまで考えたところで、エリーゼはふと足を止める。

それに気づいて同じく足を止めたルネスを見上げて、エリーゼは尋ねる。

「そう言えば、オズワルドはどうなったの？」

王都に到着した時点で、オズワルドはラウロの策で宿に軟禁されたと聞いている。

「さらわれた元執事共々、こちらに連れてきています。これから証言を取る必要がありますので」

「これからって……今から？」

夜会の途中で抜けてきたとはいえ、もうかなり遅い時間だ。まさかという思いで尋ねると、ルネスは首を緩く横に振る。

「ふたりともかなり疲弊していますので、とりあえず今夜は休んでもらうことになりました。聞き取りは明日からになるでしょう」

「そう、それがいいわね。オズワルドもいきなり宿の部屋に閉じこめられたのだもの。やっと解放されてホッとしているわ。ルネスたちも、そのほうが休めるしね」

「最初に元執事から手紙を受け取っていたゴーガン侯爵にも来ていただいて、話を聞くことになると思います」

「わかったわ」

ルネスの話を聞きながら、エリーゼは今日の夜会でのゴーガン侯爵の様子を思い出す。

オズワルドとジェラルドはどうなったのか、気になって仕方なかったのだろう。頑張ってこちらを見ないようにしていたけれど、顔色は悪く、時折不安げな視線を向けてきていた。

「簡潔な連絡事項ですが、侯爵家に送らせました。無事に保護したことだけでもお知らせしておこうと」

「それがいいわ。きっと、明日の朝一番でこちらにいらっしゃるわよ。……あ、もう部屋に着いてしまったわ。ふふ、ルネスと話しているとすぐね」

そう言って、エリーゼはつないでいた手を離そうとした。

だが、逆にぎゅっと握られてしまう。

不思議に思ったエリーゼがルネスを見上げると、真剣な眼差しを向けられていた。

なぜだろう。新緑の葉のように明るい緑が陰って見える。

「ルネス……？」

「……エリーゼは、気になりますか？」

「え？」

「……オズワルドがどうしているか、何を考えて王都に出てきたか、気になりますか？」

「どうしてそんなことを聞くの？」

「……だって、知ってますから」

苦しそうにルネスは言う。

どうしてそんな顔をするのかわからないエリーゼは、戸惑いながらも次の言葉を待つ。

「エリーゼがどれだけ一途にあの男を想っていたか、どれほど頑張っていたか、俺は知ってますから。誰よりも近くで、あなたを見守っていたのです。それくらい知っていて当然でしょう」

ルネスの言葉に、エリーゼは目を見張る。

これはもしかして、自惚れかもしれないけれど。

（私、ルネスにやきもちを妬いてもらえてる……？）

どうしよう、と心の中で独り言ちる。

ルネスにこんな顔をさせているのに、優しい緑の瞳が陰っているのに、自分を想ってそうなったことがうれしいと思ってしまう。

「エリーゼ。オズワルドが無謀にも蟄居《ちっきょ》先を飛び出して王都に向かった理由が、もし、あなたを……」

私を……なんだろう、と続いた言葉に首をかしげる。

（もしかして、私とまだ結婚しようと思っているから、かしら。それとも、ラウロの計画を知って私を助けようとしたとか？　まさかね、それならわざわざ家を飛び出してこなくても、手紙で知らせれば済む話だし……）

やきもちは正直ちょっとうれしいけれど、ルネスに思いつめたような暗い表情をされるのは辛い。だから、正直に心の内を話すことにする。

「ええと、実はあまり気にしてないのだけれど……そう言ったらルネスは幻滅する？」

「……気にして、いない？」

間の抜けた声での問い返しに、エリーゼは慌てて胸の前で両手をぱたぱたと振る。

「えっと、あの、気にしてないって、そういう意味ではないの。オズワルドの命に別状はないと聞いて安心したわ。怪我もしてなくてよかったと思ってるのよ。でもほかに心配するとなると、あとは蟄居《ちっきょ》先を抜け出したことしかないわ。でもそれは侯爵さまが対応することだし、私があれこれ考めても意味がないから」

「……ああ、なるほど。そういう意味ですか」

すっと表情が明るくなり、何度か小さなうなずきを繰り返すルネスを、エリーゼはじっと見つめる。

オズワルドのことはもう決着がついていると、ちゃんと伝わっただろうか。

心配くらいはするし、ちゃんとやっているかしらとふと思ったりするし、関心が完全に消えてなくなった訳ではない。

でもたぶん、今のそれは知り合いと同程度のレベルだ。

(ああ、私はちゃんと前を向けているのね)

オズワルドは過去に愛した人。

そして、今心を向けるのは、ほかならぬルネス。

そんなことをひとしきり考えていると、目の前でルネスがふっと笑う。

「私、変なことを言ったかしら」

「え？　どうしてです？」

「だって、ルネスったら笑ってるじゃない。笑うようなことを、私が言ったってことでしょう？」

エリーゼはついすねた口調になる。

「あ」

ルネスが目を丸くして、片手で口元を押さえる。どうやら笑っている自覚はなかったらしい。

「……いえ。変なことを言ったとか、そういうことではなくて、俺は、ただうれしいだけなんです。あなたがもうあの男に……」

ルネスが口にした言葉はもごもごしすぎてエリーゼの耳には届かない。

「なあに？　ルネス、もっと大きな声で言ってちょうだい」

近づき耳を寄せると、ルネスは顔を赤くして笑うだけで、それ以上は説明してくれない。

「もうルネスったら。ちゃんと言ってくれないとわからないわ」

「いえ、すみません。俺が勝手にすねていただけみたいです。俺のほうがずっと年上なのに、余裕がなくて、なんだかみっともなかったですね」

「ルネス……」

もとより、耳を寄せるほどに近づいていたから、あとはつま先立ちをするだけでできてしまう。

エリーゼは、ルネスの頬に柔らかい唇を押し当て、すぐに離した。

ちゅっと可愛らしいリップ音。そのあとに残るのは、真っ赤な顔でもじもじするふたりの姿。

廊下の先とか手前とかで、執事や侍女や下僕や下女、その中の誰がこっそりのぞいてふたりの初々しい仲睦まじさに喜んでいたかなんて、エリーゼとルネスにはきっと知る由もない。


夜会の翌日。

「それではエリーゼ。しばらく代理を頼むぞ」

「はい、お任せください。お父さま」

いよいよ反対派閥の勢力に切りこむ。アリウスの後ろには、同行するルネスが立っている。

この同行には、ルネスの騎士としての能力と、次期後継者の伴侶としての力量を周囲に見せつけるというふたつの目的がある。

エリーゼの未来の夫となるルネスがともに行き、その場で騎士として調査を重ねて得た証拠を提示し断罪することで、次代のラクスライン公爵家の力を示す。

当面そちらに注力することになるアリウスに代わり、エリーゼがしばらくの間ラクスライン公爵代理として執務を行う。

「やっとだ」

アリウスの言葉には万感の思いが込もっている。

カリス公爵は、目的を達成するのに手段を選ばないタイプだが、用心深い人間でもあった。常に指示を出すのみで実行犯は別。そのときも、間にいつも複数の人を挟む。

これまでカリス公爵主導と思われる不正や犯罪行為を摘発しても、せいぜいカリスが雇った下手人や部下、よくて家臣まで行き着くのが精一杯。

つまり、トカゲの尻尾切りで終わってしまう。

今回、アリウスが掴んだのも、反対派閥の貴族たち主導の薬草の密輸入。現段階の証拠では、引きずり出せてもせいぜいレフスタ侯爵までで、そのさらに上、つまりカリス公爵につながるものは見つかっていなかった。

そこで昨日の夜会、ラウロが罪を犯すまで待つことにしたのである。

給仕に扮したケヴィンが、ラウロが用意した媚薬入りと睡眠薬入り、それぞれの飲み物を証拠として確保。

ケヴィンと入れ替わった従業員は、罪に問わないと約束したうえで、受けた指示の詳細を語らせた。その従業員の証言から指示した上司、上司から話を持ってきた貴族の従者、その貴族――そう、ラウロ・カリスへとつながった。

飲み物に混入した媚薬、および睡眠薬をほかに隠し持っていないか、またその入手経路などについて調査するという名目で、アリウスたちはこれからラウロの住む離れとカリス公爵邸内を同時捜索する。証拠隠滅を未然に防ぐため、とでも言えば、それらしく聞こえるだろう。

実際に見つけたいのは、薬物ではなく帳簿。ここで帳簿が見つからなければラウロのみの捕縛。その場合は、カリス公爵は早々にラウロを切り捨てるだろう。

ルネスはラウロが住む離れを担当する。探す薬が見つからないと、早々に本邸の捜索に合流する流れだ。薬が見つかった時点で捜索の大義名分がなくなってしまうため、見つけてもスルーするよう、あらかじめ部下たちには通達済みである。

夜会の翌日、しかも朝早い時間帯。カリス公爵家は完全に不意を突かれる。

屋敷内を探し回る騎士たちをろくに阻止することもできないまま、捜索が進み、カリス公爵家の過去五年分の帳簿を押さえることに成功。

押さえた帳簿の精査はこれからだが、もしそこから何も見つからなくても、とりあえずは薬草の密輸入の件で、レフスタ侯爵家以下、伯爵子爵家の三家を、脱税および薬草の違法取引で罪に問うことはほぼ確定している。

おそらく追徴課税と罰金刑が科され、支払い能力によっては没落する家も出てくるだろう。

カリス公爵家は帳簿については今後の調査によるが、少なくともラウロの捕縛は確実である。

エリーゼとルネスに薬物を盛ったこともそうだが、蟄居《ちっきょ》中とはいえ侯爵令息であるオズワルドを宿の一室に軟禁した罪は大きい。

今回のことは、カリス公爵家にとって、かなりの醜聞になるのは間違いない。


ルネスとアリウスが戻ってきたのは、夕刻近くになってからだった。

大きな怪我も事故もなく、それなりの成果を収めて帰ってきたことに、エリーゼはほっと安堵する。労いの言葉のあと、早速アリウスに今日の執務などを含め諸々の報告をした。

「ケスラーは来たか？」

アリウスが尋ねたのは、オズワルドの父、ゴーガン侯爵の来訪である。オズワルドは今もラクスライン公爵家が身柄を預かっているからだ。

カリス公爵家の断罪理由のひとつが、四男ラウロによる侯爵令息オズワルドの軟禁および暴行示唆。

いわば生きた証拠だ。ラウロの罪状が確定するまで、ラクスライン公爵家で保護することが決まった。保護と言いつつ、その実は体《てい》のいい監視である。

「午前中の早い時間にいらっしゃいました。長くオズワルドとお話しされたあと、お父さまとも話がしたいとおっしゃいましたので、明日また来られると」

「ふむ。まあ十中八九、オズワルドの今後の処遇についてだろうな。そういえば、エリーゼはもうオズワルドと話をしたのか？」

「いえ、まだ……」

正直、エリーゼは迷っている。

すっかり気持ちが前を向いた今、オズワルドに会う必要を感じない。だが、最後の機会と言われてしまえば、何か言い残したことがあるのではと考えてしまうのだ。

そんな娘の迷いを見透かしたのだろうか、アリウスは優しい笑みを浮かべる。

「お前がもう会いたくないと思うのなら、会わなくてかまわない。ただ、今度こそもう顔を合わせる機会はないだろうから、もし言いたいことがあるならと思っただけだ。ケヴィンは会うつもりでいるそうだ」

ケヴィンはオズワルドに好感を持っていない。そんな彼が面会するという、エリーゼは心穏やかではいられない。

「そんな顔をするな。ケヴィンはケヴィンで、思うところがあって会うと言っているのだろう。あれはルネスと違って武闘派ではないし、面会の場には騎士が同席する。ケヴィンが何かするとしても、嫌味か悪口程度だろうさ」

ルネスも思うところがあるのだろう。微妙な表情で聞いていた。

（ケヴィンさまは理性的なお方だわ。きっと、会っていきなりオズワルドを殴りつけたりはしない

はず。お父さまが許可したのなら、私が何か言うことはないわ）

当人が望むのなら、というアリウスの意見はもっともで、エリーゼが考えるべきはケヴィンではなく自分。そう、自分は最後にもう一度、オズワルドに会っておきたいかどうか。

（どこか知らないところで元気に暮らしてくれればそれでいい。私の心情的にはそうだけれど、周りの気持ちも考えないといけないってことかしら）

そう言えば、とエリーゼは、昨夜ルネスから受けた質問を思い出す。

（オズワルドが気になるか、とルネスは聞いたわ。それは、私が気にかけているように見えたってことよね）

もし、ルネスが過去のエリーゼの恋心の行方を気にしているのなら。

（ひとつのケジメとして、オズワルドに会っておくべきなのかもしれない）

六年間の、あの辛いばかりの恋心を、きちんと弔うことができるように。


カリス公爵邸の捜索を決行した翌日、その話が社交界を駆け巡るより前に、カリス公爵は四男ラウロの除籍、放逐を発表した。

帳簿の調査が始まる前に、事態の収束を図る。

さらには同情を集めるためか、血のつながりがないとし、ラウロは息子を騙《かた》った身の程知らずの詐欺師と非難した。

結果、平民扱いとなったラウロは勾留場所も貴族牢から平民牢へと移され、尋問もより厳しいものとなる。

カリス公爵の発表について知ったラウロは、公爵の対応にまったく驚きを見せることなく、鼻で笑うだけだったという。

ラウロが庶子として引き取られたのは十歳のとき。

当初は多くの使用人や教育係が付いたが、二年経ってエリーゼの婚約者がオズワルドに決まると、待遇が一変。

国王派の弱体化と取りこみの駒として使えないとわかり、カリス公爵は彼を離れに追いやり、最低限の使用人を付けただけの、ほぼ放置状態とした。

十七歳のとき、久しぶりに会った父から、たった七歳の伯爵令嬢と婚約が決まったと告げられる。

『オレに幼女趣味はないっての』

ぶつぶつ文句は言うものの、平民暮らしより遥かに楽で贅沢な今の生活を手放したくはない。ラウロのモットーは、『働かない貴族バンザイ』である。

幸い、小遣いはそれなりに与えられていた。健康な青年男子としての欲は娼館《しょうかん》で発散させ、バカ騒ぎがしたければ賭博《とばく》場か酒場に赴く。

そんな生活をしていたラウロの耳に、ある知らせが入る。

『エリーゼ・ラクスラインが、オズワルド・ゴーガンとの婚約を破棄した』

――ここからである。

幸せではないが、それなりにおもしろおかしく暮らしていたラウロの転落が始まったのは。

ただの平民となったラウロの処罰は被害を受けた領主、つまりアリウスが預かることになった。

ラウロは温情目当てにこれまで見聞きした情報をしゃべり尽くし、結果として多くの有力情報をアリウスにもたらす。

実際、このときにもたらされた情報のひとつが、後にカリス公爵家現当主を引退、蟄居《ちっきょ》に追いこむことになった。

また、レフスタ侯爵家、そして彼の傘下にある伯爵家と子爵家の三家が共謀した薬草の密輸入については、アリウスは罪状と証拠をまとめた段階で王家に報告し、あとは国王が裁決するのを待つのみとなる。

裁可を任された国王は、これまで散々王家を悩ませた貴族派の各家を、嬉々として処罰することだろう。

第五章　愛する人がいる幸せ

ケヴィンがオズワルドに会いに来たのは、ラウロの処罰がアリウスの権限下に移った頃。

その日、エリーゼはいつものように、執務室で父に代わって書類に目を通していた。

「ううっ、うわあああぁぁぁぁっ！」

突如、上がった叫び声にエリーゼはびくっと体を揺らす。声の大きさからして屋敷内のどこか。

「な、何ごと？」

顔を上げ、執務の補佐で付いているマシューに尋ねるも、彼もまたわからないと首を左右に振る。

「少々お待ちを」

マシューは手にしていた書類の束を机の端に置き、扉を開けて使用人に声をかける。

エリーゼは執務の手を止め、マシューの戻りを待つ。先ほどの叫び声が気になって、書類を読んだところで頭に何も入ってこない。

戻ってきたマシューがエリーゼに耳打ちする。

「どうやら先ほどオズワルドさまのもとに……」

エリーゼは執務室を出て、まっすぐ足早にエントランスに向かう。

オズワルドとの面会を終えたケヴィンが、すでに部屋を出たとマシューから聞いたから。

エントランスの扉がゆっくりと閉まるのが見えた。誰かが通ったばかりであることの証拠。

エリーゼは、エントランスホールをそのまま通り抜け、扉に手をかけ、勢いよく開ける。

「ケヴィンさま！」

予想通りの人の後ろ姿に呼びかければ、門扉に向かっていたオレンジ色の髪がゆっくりと振り向き、目を見開く。

「エリーゼ嬢？　どうなさいました？」

不思議そうに問いかけるケヴィンに、目に見える怪我はない。ほっと安堵しながら、エリーゼは口を開く。

「……オズワルドに会いに来られるとは聞いていましたが、今日とは知りませんでした。その……先ほどの大声はオズワルドのものだと聞きまして……」

「ああ、ご心配をおかけしてしまい、すみません。ですが、殴られてはいませんのでご安心を」

そう言われて安心する人間が、一体この世の中に何人いるだろうか。

「父が、対面時には騎士を立ち合わせると言ってましたが」

「ええ、そうですよ。その騎士の方が、私に掴みかかろうとしたオズワルドを押さえてくれました。まあ、一発くらいなら殴られてもよかったのですが」

微笑みを崩さずにそんなことを言うケヴィンは、掴みどころのないいつもの彼だ。

（オズワルドはケヴィンさまが裏で画策したことを知らないはず。なのに、そういう雰囲気になったということは、つまり……）

「……オズワルドに話したのですね。あなたとキャナリーさんが浮気を疑われるよう誘導したことを」

「はい」

「話す必要がありましたか？」

あのときのエリーゼにとって、ケヴィンの画策は援護射撃のようなもので、今となっては感謝すらしている。

だが、オズワルドにとってはだまされたと知るのは屈辱でしかないだろう。

しかも、それが友と信じていた人だったのだから。

（わざわざ話すのは、ケジメとは違うのではないかしら）

それはただ、ケヴィンが楽になりたいだけではないか、エリーゼにはそう思えてしまうのだ。

エリーゼからの問いに、ケヴィンは苦笑する。

「あのまま蟄居《ちっきょ》先で腐ってるだけなら、私も誤解させたままにしておくつもりでした。でもあいつは命令を破って王都に出てきた。またしてもうっかりだまされた訳ですが、今回の動機はなかなか立派です。あなたを助けようとしたのですから」

「え？」

「だから話すことにしたのです」

「それはどういう……」

ケヴィンの理論がよくわからず、戸惑いの表情を浮かべる。

（あら？　でもそういえば……）

今のケヴィンの言葉で思い出す。

ルネスが前に尋ねたことがあった。なぜオズワルドが蟄居《ちっきょ》先を抜け出したのか知りたいかと。

（ルネスが複雑な表情をしていたから、何かあったのかと思っていたけど、まさかオズワルドは私のために……？）

「エリーゼ嬢」

ケヴィンに呼びかけられ、エリーゼは意識を彼に向ける。

「私はオズワルドという男が大嫌いでした。婚約者だったあなたをおとしめ、ないがしろにすることで、自分の存在価値を確かめる狭量さが、吐き気がするほど嫌いだったのです」

「そ、そうなのですね」

『吐き気がするほど嫌い』とは、なかなか強烈な表現である。

今となってはエリーゼも、オズワルドに好意的な感情は微塵《みじん》も抱いてないものの、負の感情に傾いたかと聞かれれば、別にそういう訳でもない。

オズワルドがどこか知らない場所で元気に暮らしていればいいとか、その程度の気持ちである。

ケヴィンはそうではなかったのか、と考えていると、彼はいつもの隙のない笑みで続ける。

「あいつには、死ぬほど反省と後悔をしてほしいと思っていました。ですが、死んでほしいとまでは思っていないのです」

エリーゼは首をかしげる。

（……死ぬって、ずいぶんと大げさではないかしら……？）

そんなエリーゼの反応をよそに、ケヴィンは続ける。

「領地の隅に追いやられても、オズワルドはきっと不満を募らせるばかりで、すぐには反省も後悔もしない。エリーゼ嬢に復縁を願う手紙を大量に送りつけるくらいしか、やることが思いつかなかったはずです。けれどいつか、自分の状況を理解する日が来る。そのときになってようやく、あいつは現実が見えるようになり、自分が失ったものの価値を知る。反省と後悔の日々はそこから始まると、私は思っていたのです」

ケヴィンは一度言葉を切り、エリーゼを見る。

「私はその『日』を、エリーゼ嬢がオズワルドではない男性と結婚する日だと思ってたのですが」

思っていたよりその日が来るのが早かった、とケヴィンは続ける。

「ラウロ・カリスが……いえ、今はただのラウロですね。彼がオズワルドに手紙を送り、おびき出す材料にエリーゼ嬢、あなたを使った。そしてオズワルドは……あいかわらず浅慮《せんりょ》ではありましたが、あなたを助けようと蟄居《ちっきょ》先を飛び出し、結果、囚われました。まあ、そのあとのことはあなたもご存知なので言いませんが」

ふう、とケヴィンはため息をつく。

「どうやら私の予想よりずっと早く、オズワルドの後悔は始まっていたようです。そして、あなたがもう二度と自分のもとに戻ることはないと悟ったのも、私の予想より早かった。ラウロに軟禁されていた間にどんな心境の変化があったのかは想像しかできませんが、おおかたルネス卿との差を実感したとか、自分の甘さを痛感したとか、そんなところでしょう」

ケヴィンは説明してくれているようで、まるで自分自身に言い聞かせているようでもある。

エリーゼは話に耳を傾けながら、頭の中で情報を整理する。

今回の事件の始末がきっちりついたところでオズワルドに会いに行こうと思っていたため、今の彼に関してあえて情報を得ていない。

ラウロがオズワルドを王都に呼び出したことは知っていたが、何を餌にしたかまでは聞いていなかった。

エリーゼに復讐するとか、嫌がらせをするとかならともかく、まさか助けようとして蟄居《ちっきょ》先を飛び出したとは思ってもいなかったのだ。

(だって、それではまるで、オズワルドが私のことを好きみたいじゃない)

それこそありえない。

扱いも相当だったが、なによりあの日の夜会で口にした言葉。一体どこに愛があったと言うのか。

(訳がわからないわ)

まるでそんな思いを読み取ったかのように、ケヴィンは続ける。

「好きなら大事にすればよかったのです。側にいるのが、自分を好いてくれるのが当たり前と考えず、自分にできる全力でもって、愛する人を大切にするべきだった。想いが叶わずとも、自分の婚約者にできずとも、力を尽くしてあなたを守ろうとしていたルネス卿のように……」

その言葉に、エリーゼは戸惑い、眉根を寄せる。

ケヴィンの言っていることがその通りであるならば、つまり本当にオズワルドはエリーゼを好いていたということになる。

あの態度で、あの言動で、エリーゼのことを。

（無理して笑いかけるのも限界って言ったくせに……？）

ふざけるな、と思った。あのようにエリーゼを嘲笑っておいて、本当は好きでしたなんて、そんなの――

「許せなかった」

顔を赤くし、怒りも露《あらわ》にケヴィンが吐き捨てる。まるで、エリーゼの気持ちを代弁するかのように。

（あ……）

あのときと同じだ、とエリーゼは思う。

なぜオズワルドを嵌めたのか、と自分がケヴィンに問うたあのときの顔と。

（あのときは義憤だと思っていた……私に対するオズワルドの態度に怒ったのだと……でも違う。

ううん、きっとそれもあったのでしょうけれど、それよりも……）

エリーゼの考えを肯定するかのように、ケヴィンの言葉が耳に届く。

「愛する人の身に何事も起こらず、生きて側にいてくれる、それがどれだけ幸運なことかを、あいつは理解すべきだった。感謝もせず、むしろ婚約者をおとしめることしか考えないあいつに、その幸運は当たり前のものではないと思い知らせてやりたかった……っ」

ぽつり、とケヴィンの瞳から涙がこぼれる。

とても、とてもきれいな涙が一粒だけ。

けれどその一粒すら手で拭ったあとは、先ほどのことが嘘のように、いつもの表情のケヴィンであった。

「……先ほども申し上げましたが、私はオズワルドが大嫌いです。ですが、あいつが簡単に命を捨てることは望んでおりません。だから私がしたことを話しました。怒りでも憎しみでもなんでもいい。それがあいつを生かすのなら私は気にしません」

(命を捨てるなんて、どうしてそんなことを……?)

エリーゼは、オズワルドが自死する可能性を、これまで一ミリとて考えたことがない。落胆や絶望はあるとして、そのときに泣いたり喚いたりもするとして、八つ当たりやヒステリーならあるだろうが自死はない。

だが、ケヴィンの目には、オズワルドは危うく見えたと、そういうことだろうか。それとももしや、実際に……?

「それは……オズワルドは、死のうとしていたということですか?」

エリーゼは眉間に皺を刻み、ケヴィンに問う。

「正確には違います。ですが、気力を失って、寝ることも食べることも疎かになっていると報告が上がっているそうです。このまま悪いほうに進めば、いずれそうなる可能性もあると……個人的に判断しました」

「そうですか」

——それは、あなたがそうだったからですか。

(とは、聞けない……)

きっと、ケヴィンは思うよりもずっと繊細な人。

博識だし、年齢より大人びているし、いろいろと腹黒いところはあるけれど、恋に関しては純粋極まりない人なのだろう。亡くなった婚約者への思いを、今も変わらず持ち続けるくらいなのだから。

きっと、素敵なご令嬢だったに違いない。

その思いを、エリーゼはそのまま口にする。

「……ケヴィンさまの婚約者だった方と、お話をしてみたかったですわ」

ケヴィンは大きく目を見開き、それからうれしそうに、けれどどこか寂しそうに微笑む。

それは、エリーゼが初めて見る表情だった。

「……チェルは、エリーゼ嬢に憧れておりました。クラスが違うので、遠くからお姿を眺めるだけだったそうですが、テストでエリーゼ嬢が一番を取るたびに、まるで自分のことのように私に自慢しておりましたよ」

「まあ、そうなのですか」

「ええ。ですから、エリーゼ嬢からそんな言葉をいただいたと聞いたら、きっとうれしすぎて夜もなかなか寝つけず、翌朝には目の下に大きな隈を作るでしょう」

「ふふ、楽しい方なのですね」

「はい。明るく元気で優しくて、一緒にいてとても楽しい……自慢の婚約者でした」

惚気とも取れる褒め言葉。

『自慢の婚約者』と言い切る姿。

何より、亡くなった婚約者を語るその眼差しは温かい。

エリーゼとオズワルドの間には決してなかったそれに、うらやましさを感じると同時に、切なさが募る。

(自慢の婚約者と思う方が亡くなられたなら、それはひどくショックだったでしょうね)

当たり前に続くと思っていた日々が、ある日突然ガラガラと崩れてしまう。そしてもう二度と帰ってこないと思い知る。

そんな思いをしたケヴィンの目に、オズワルドはさぞ醜悪に映っただろう。それでも、かつての自分のようにヤケになってないか、と会いに来たのだ。

心配などちっともしていなかったエリーゼよりもよほど優しい。

だが、ケヴィンがオズワルドに責任を感じる必要はない。

というか、オズワルドはケヴィンとはタイプがまったく違う人間だ。婚約者を失って味わう失望感の程度が同じであるはずがない。

現に、言っていたではないか。

彼の予想より反省と後悔が早く、そしてエリーゼが絶対に手に入らないと気づくのもまた早かったと。

それならきっと、立ち直るのも早いと、六年間婚約者だったエリーゼにはわかる。オズワルドは今でこそ多少引きずっているかもしれないが、チャンスがあれば次の相手を見つけるだろう。

いや、見つけると断言してもいい。ただ落ちぶれすぎてチャンスが来なければ、一生うじうじしたままかもしれないが。

それに、ちょうどいい理由を作ってくれたのはたしかにケヴィンだが、オズワルドとの婚約解消を――結果的には破棄だけれど――決めたのはエリーゼだ。

悪意のある罠だったことは間違いない。だけど、後先考えずにずんずん進んで、見事にそこに嵌まったのは迂闊《うかつ》で考えなしのオズワルド。

だから、責任があると何もかもケヴィンが背負う必要はないと、エリーゼは思うから。

「ケヴィンさま。長々とお引き止めして申し訳ありませんが、もうひとつだけお伝えしておきたいことがありますの」

だから、もう少しだけ話をしようと提案する。

「前に、夜会の話を私にしてくださったことは覚えていらっしゃいますか？　ケヴィンさまが、オズワルドを完全に見限るきっかけになった夜会です」

「ああ。あの聞くに堪えない暴言を吐いた……」

「実は私、あの夜会に遅れて参加していましたの。そしてそのときの会話は、実際に自分の耳で聞いておりますのよ。それで私は、オズワルドとの婚約を絶対に解消すると決意したのです」

「あれを聞いてしまったのですか……」

「はい。あのとき私をかばう発言をしてくださったのは、ケヴィンさまだったのですね。ありがとうございました。残念ながら、私ではあのときバルコニーにいた方々の声を判別できず、オズワルドの発言を証拠にしたくても難しいと諦めていたのですが……」

「……もしや、ルネス卿があのときの夜会の出席者を調べていたのは、証言を取るためですか？」

（ああ、やはり耳に入っていたのね）

「その通りですわ。オズワルドがキャナリーさんと仲良く行動し始めたので、そちらの調査は途中で切り上げましたが、そうでなかったら、あのときの暴言を理由に婚約解消を迫るつもりでした。おそらく数か月は余計にかかったでしょうけれど」

だから、とエリーゼは続ける。

「もしケヴィンさまが、あのときにキャナリーさんを差し向けなかったとしても、遅かれ早かれオズワルドは今の姿になっていたと思いますわ」

「……そうですか」

それでもなお、表情が晴れないケヴィンの前で、エリーゼはびしっと人差し指を立てる。

「ケヴィンさま、これだけは勘違いしないでいただきたいのですが、オズワルドとケヴィンさまは、まったくの別人です。彼はケヴィンさまのように一途ではありません。今はしおらしくしているかもしれませんし、もしかしたら本気で生きる気力をなくすほど落胆しているかもしれませんが……」

エリーゼは一度言葉を切り、声により力を込める。

「オズワルドは目の前にきれいな女性が現れたら、あっという間に元気になりますわ！　誰よりも彼をよく知る私が言うのですから、間違いありません！　ええ、断言しますわ。彼はすぐに次の相手を見つけるでしょう！　もちろん、その相手の方が彼でいいと言ってくださらなければ成立しませんが」

珍しくぽかんと口を開けるケヴィンに自信満々に続ける。

「そしてケヴィンさま。あなたは今も亡くなった婚約者のご令嬢を想っておられるように見えます。その傷が癒える日がいつか来るかどうか、私にはわかりませんが、少なくとも言えるのは、目も眩むような美女が目の前に現れたくらいでは、ケヴィンさまの心はグラつかないということです！」

エリーゼの熱弁に驚いてはいるものの、美女にグラつかない、という言葉は肯定したいらしく、ケヴィンはこくこくと首肯する。

「そして私ですが、婚約破棄してわずか数か月で次の婚約者が決まりました。そんな私が、何を言っても信憑性がないかもしれませんが、あえて言わせていただきます。私は、ルネス以外の人は要りません。ルネスがいいのです。ルネスだからいいのです。もしルネスに何かあったら、私は養子を取って一生結婚しません。そのくらい、私はもうルネスでなければ嫌なのです！」

話題がだいぶズレていることに、エリーゼは気づいていない。そしてだんだんと感情が昂って、声が大きくなっていることにも気づいていない。

さらに言えば、エリーゼが今どこにいるのかもきっと気づいて……いや、この場合は完全に忘れているとたほうが正しいか。

「あの、エリーゼ嬢……」

「なんでしょうか、ケヴィンさま。今、大事な話をしているところなので、最後まで聞いていただきたいのですが」

「……まだ終わっていなかったのですね」

「これからルネスの思いを語らせていただこうかと。私の希望的観測が多分に入ったものになりますが、きっと間違ってないと思います。誠実なルネスは、絶対に私だけを生涯愛すると言ってくれるはずですか、ら……」

水が迸《ほとばし》るかのようなエリーゼの言葉が、急に勢いをなくす。

それは、後ろから伸びた二本の太い腕が、エリーゼの体をぎゅっと掻き抱いたから。

「……エリーゼ」

「ル、ルネス……？」

後ろからすっぽりと覆いかぶさるように、エリーゼはルネスに抱きこまれている。その体勢のせいで、ルネスの頬はエリーゼのこめかみ辺り、口元は耳の上辺りにある。

ルネスの低めのバリトンがエリーゼの耳たぶを打ち、意図せずぶるりと震える。

「その先は俺に言わせてくださいませんか。あなたの希望的観測とやらは間違っていないと知っていますが、ここはぜひ俺にあなたへの愛を誓わせてください。あなたからの熱烈な愛の言葉に全力でお応えしたい」

「き、聞いていたの？」

エリーゼの頬にさっと熱が集まる。

「エントランスポーチで大声で叫んでおいて、誰にも聞こえていないとお思いでしたか？」

「あ……」

ここでようやく、エリーゼは自分がどこにいるかを思い出し、赤面する。

ルネスにしっかりすっぽり抱きこまれているエリーゼには見えていない。彼の後ろ、柱の陰や調度品の間などに身を隠すようにして、大勢の家臣や使用人たちが耳を澄ませていたことを。

——さらに別の場所、エントランスポーチが視界に入る庭に面した廊下の一画、耳にした会話に呆然と立ち尽くすひとりの青年がいたことも。


ラクスライン公爵邸のポーチにて、ケヴィンを前にルネスへの愛の誓いめいた言葉を叫んでしまったエリーゼ。

そのあと、今度はルネスに背後から抱きしめられたまま愛を叫ばれる事態になり、夜に熱を出した。いわゆる知恵熱である。

熱は翌朝には下がったが、念のためにその日は休むことにして、さらにその次の日。

「……え？　帰したのですか？」

「聞き取りが終わったからな」

朝食の席で聞いたのは、オズワルドをゴーガン侯爵家に帰したという知らせであった。

「私、オズワルドとまだ話をしていないのですが」

「ああ、もうそれは解決したから気にするな」

「解決……？」

首をかしげるエリーゼに、アリウスは端的に告げる。

「お前の意見は、しっかりあいつに伝わったから心配するな。お前があいつになんの未練もないことも、まったく信用していないことも、喉元過ぎれば熱さを忘れると思っていることも、ちゃ〜んと伝わったぞ」


あの日、ケヴィンと話をするために面会用の部屋に移動したオズワルドは、滞在用の部屋に戻るのに、やたらと遠回りをさせられた。

部屋を出てまっすぐ奥に向かえばいいところを、わざわざエントランス近くまでぐるりと回ったのである。

それを指示したのはアリウスだ。

そして、オズワルドはたまたま耳にする。

オズワルドの今の反省も後悔も、きっと長くは続かないと言い切るエリーゼの言葉を。

それから、ルネスでなければ嫌だという愛の告白も。さらには、ルネスからのお返しの愛の誓いなんてものも。

オズワルドは真っ白に燃え尽きて灰になった。

そのことを知らないエリーゼは、何も言っていないし、そもそも会ってもいないのに、どうしてちゃんとオズワルドに伝わっていると言い切れるのか、納得がいかずに首をかしげるが、アリウスはそれよりも、と話題を変える。

「お前たちの結婚式の準備を、そろそろ始めないといけないのではないか？」

「！」

エリーゼは思わず、カチャン、とカトラリーを落としてしまう。アリウスは構わず話を続ける。

「お前ももうすぐ十九になる。結婚式まであと一年だ。会場の確保や招待状の手配、ドレス選び、記念品の選定、やることは山とあるぞ」

「は、はい……」

顔を赤くしたエリーゼは、メイドから新しいカトラリーを受け取りながら、言葉少なにうなずく。

「ああそれから、ケヴィンが『花嫁のドレスは、できたらクルルス産の絹を使ってください』と言っておった」

「ま、前向きに検討します」

「ラウエルも張り切っているようだから、お前から手伝いを頼めば喜ぶだろうさ」

アリウスの言葉にうなずいて、エリーゼが母の部屋を訪ねるのはこの日の午後。

そして、すでにラウエルが花嫁衣裳のデザイン画を何十枚も取り寄せていることを知って、エリーゼはたいそう驚くことになる。

その後、国王から、今回の薬草の密輸入に関しての沙汰が下る。

レフスタ侯爵家は、薬草の密輸入で儲けた金額の二倍を罰金額として科せられた。

支払いができない場合は、爵位をふたつ落としたうえで所有領の三分の二を王家に返納することに。

儲けた金の二倍を罰金額としたのは、もちろん見せしめのためである。

最初から正直に払っていればよかったのに、と今後のためにみんなに思ってもらおうということだ。

罰金を支払ったレフスタ侯爵家は、これから十数年は王都に出てくる余裕もなく、必死に領地経営に励まねば先はない。

レフスタ家の手先となって動いていた伯爵家と子爵家は、密輸入で儲けた金の全返納と、ひとつ下に爵位を落とすという少し軽い罰が下る。

彼らもレフスタ家と同じく必死に金をかき集め、なんとか全額を納めたが、もともと資金力のある家ではないため、これからじわじわと衰退していくことだろう。

そして、カリス公爵家。

ラウロの処遇はアリウス預かりとなったものの、彼が提供した情報により、カリス家が膨大な金を未申告のまま懐に入れていた事実が明らかになり、国王によって追徴課税が命じられる。その額は、実に三年分の国家予算に匹敵した。

さらに爵位をひとつ落とし、現当主は爵位を嫡男に譲ったうえで蟄居《ちっきょ》。

これまで悪事をすべてトカゲの尻尾切りで躱してきたカリス公爵家の権力は、大きく削がれることになった。

こうして、ひとつの事件が幕を下ろした。

◇◇◇

エリーゼの結婚式用のドレスには、ケヴィンの要望通りにクルルス産の絹をふんだんに使用した豪華なものになった。

「素敵なドレスに仕上がったわね」

エリーゼが身にまとうウエディングドレスを、母ラウエルは満足げに眺める。

「お母さまがたくさんアドバイスをくださったおかげですわ」

「エリーゼが、『薄緑色のドレスならデザインはなんでも』なんて言ったときは、本当に焦ったのよ？　後継者教育が優先で、あまり令嬢として過ごす時間がなかったせいね」

母の文句に苦笑する。あれは言い方が拙かったとあとで反省したのだ。

ルネスとの結婚式に、ルネスの色をまとってその場に立てる幸せに、頭に浮かんだ言葉をそのまま口にしただけ。

デザインは適当でいいとか、興味がないとか、そういうことでは決してなく、ルネスの色がまとえる、その事実だけで一生分の幸せをもらった気持ちだったから。

けれど、その発言をウエディングドレスに興味なしと受け取った母は、それからは危機感を持ってガンガン話し合いに参加するようになった。

デザイン担当のデザイナーと何度も話し合い、似合う形はこれだとかあれだとか、ここは絞ったほうがいいとか、逆に広げたほうがいいとか、ここにレースを、あちらに刺繍《ししゅう》を、とそれはそれは白熱した。

でも、そのおかげで今エリーゼは、素晴らしいドレスをまとうことができている。

「結婚しても、実際に爵位を継ぐのはまだ先なのだから、しばらくは夫婦ふたりの時間をゆっくり楽しむといいわ。夫婦でデートに出かけるのもいいわね。もう今は、ルネスにちょっかい出そうとする令嬢はいないのでしょう？」

「それが……」

エリーゼは苦笑する。

「困ったことに、まだたまに出現するのです。ルネスがその場で完全無視をするうえに、しつこい方にはそのあとすぐに苦情を送っているので、二度はないのですが」

「まあ！　虫のようにしつこいわね。あの噂を流したあとで、まだそういう娘が出てくるなんて」

母が言っているのは、一年ほど前にラクスライン公爵家主導で盛大に流した噂のこと。

ルネスに恋慕した令嬢たちが暴走した結果どうなったかを、あれこれ膨らませて噂だけをひとり歩きさせたもの。

その効果は絶大で、さらにそのあとルネスのエリーゼへの公開プロポーズも続いたことで、もうふたりの間に水を差そうなどという動きは完全に消え去ったかに見えた……のだが。

去年の噂などもうすっかり忘れてしまったのか、あるいは耳にしていない新参の令嬢か、最近ルネスの周りが少しばかりうるさくなっている。

もう護衛ではなく恋人で、しかも婚約者であるルネスは、前よりもずっと効果的な撃退方法を見つけた。ルネスに絡もうとする令嬢の目の前で、エリーゼとイチャつくのだ。

名を呼ばれても、声をかけられても、ひたすら無視。

触れようとしたときだけ、ルネスは無言で振り払う。

その間ずっとルネスが視線を向け、愛をささやくのはエリーゼだけで、令嬢が粘れば粘るほど、イチャつきは加速する。

どれだけ厚顔な令嬢でも、五分ともたずに退散する。そのときに捨て台詞《ぜりふ》を吐いた令嬢の家にだけ、あとで苦情を入れる。

昔と違って出没率は低いから、エリーゼもルネスも余裕の対応だ。

――むしろ出没してくれるおかげで、イチャイチャタイムが増えてうれしいとはルネスの弁。

エリーゼとしては、ちょっと恥ずかしい。

そう話すと、母は、まあ、と笑う。

「もう心配いらないわね。どうか幸せになるのよ、エリーゼ」

母の微笑みはとても優しく、かけられた短い言葉には愛情がこもっていて、よくある祝福の言葉なのにエリーゼはつい泣きそうになる。

母の言葉は真実になる、自分は幸せになると、今のエリーゼは素直に信じられる。

少し前の、地味で目立たない格好をしていたエリーゼが、なんとか納得しようと懸命に自分に言い聞かせていた頃とは違う。

エリーゼは間違いなく幸せになれるし、ルネスを間違いなく幸せにしたい。

いや、するのだ。

「いやあね、せっかくの結婚式なのに泣いてはダメじゃないの」

「はい……」

結婚式の前の、母と娘の会話である。


それから無事に式が終わり、今は披露宴の真っ最中である。

会場に広く大きく円形に並べられたテーブルの上にはご馳走がのった大皿がずらりと並び、気配り上手な給仕たちが、客の様子を見て冷えた飲み物を配って回る。

厳かな雰囲気とはほど遠く、みんなは思い思いに楽しそうに近くの者たちと語り合っている。

「本当にすぐ次の相手を見つけたわよね」

結婚祝いとして届いた花束の送り主について、報告を受けたエリーゼは、呆れまじりで隣に座る花婿に話しかける。

「夫人は社交嫌いだと言うし、政務からも離れていますから、今後どこかで顔を合わせる心配はないでしょう。まあ、ちょうどいい相手と言っては失礼な言い方になるかもしれませんが」

あまり驚いているように見えない花婿に、エリーゼはこそりと耳打ちする。

「……噂では、すごい美女なのだそうよ？」

「噂では、夫人は彼の顔が気に入ったそうですよ？」

花婿は、くすりと笑って同じように耳打ちをし返した。ルネスだから当たり前ではあるけれど、しっかり情報は掴んでいるようだ。

「それにしても、わかってるのかしら。今は前伯爵夫人の夫かもしれないけど、夫人に何かあったら彼は平民よ？」

「わかってないでしょうね」

エリーゼとルネスが話しているのは、結婚式の朝に届いた大きな花束の送り主のことである。

付いていたカードには連名で、ジャニス・ウィルマーおよびオズワルド・ウィルマー。

オズワルド・ウィルマー、オズワルド・ゴーガンの現在の名である。

そう、彼は結婚したのである。


——廊下でエリーゼとケヴィンの会話を立ち聞きして真っ白な灰と化したオズワルドは、その翌日にゴーガン侯爵家に戻されていた。

オズワルドの様子に侯爵夫妻は驚いたが、事情を聞いて納得する。蟄居《ちっきょ》という当主命令を破った動機がまだまともな部類だったため、ここでもゴーガン夫妻の親バカが発動し、そのまま蟄居《ちっきょ》継続という沙汰とも呼べない沙汰が下る。

灰になったオズワルドは、そのあとただぼんやりと庭を眺めるだけの無気力な日々を送っていた。

『エリーゼちゃんがほかの人と結婚するのがショックなのよ』

夫人は言う。

『失恋の傷は新たな恋で癒すと言うが』

『蟄居《ちっきょ》中では出会いなどないでしょうね。あそこは領地の外れですし』

侯爵と嫡男も会話に加わる。

『かと言って、今さらオズワルドに良縁が来るはずもない』

最低浮気男の噂はだいぶ収まってきたとはいえ、その噂が流れた事実は消えない。

『……あ』

そこで声を上げたのは、二年ほど前に跡取り息子を出産した嫡男の妻である。

『私、心当たりがあります。もしかしたらいい組み合わせかも』

嫡男の妻が口にした名が、ジャニス・ウィルマー前伯爵夫人。未亡人であった。

『あらん。なかなか可愛い顔をしてるじゃない。いいわよ、この子をもらってあげる』

ゴーガン侯爵がオズワルドの絵姿を持ってウィルマー前伯爵夫人を訪ねると、用意した条件を話すより先に承諾の返事があった。

ジャニス・ウィルマー、前伯爵夫人、御年《おんとし》五十八歳。伯爵位はすでにジャニスが産んだ長男が継ぎ、その長男夫婦の間にもすでに二児が誕生している。

つまり、オズワルドがジャニスと結婚しても、ウィルマー伯爵家の系譜にはなんの影響もない。

夫を亡くした未亡人は、息子から分与された財産で楽しく暮らしているだけ。

なんの不満もない生活である。寂しいとしたら夜の時間くらいだろう。

働かずに夫人の相手をするだけでよいとなれば、オズワルドにも好条件。

だが、オズワルドの長兄の妻が『いい組み合わせ』と言った最大の理由はほかにある。

それは――

(ほ、本当に五十八歳なのか……)

ゴーガン侯爵は動揺を隠すのに必死であった。

侯爵は現在五十三歳。妻はふたつ下の五十一歳。

五十八歳のジャニスのほうが年上なのである。

だが。

だが。

目の前のジャニス・ウィルマーは、どう頑張っても、二十代後半か三十代前半にしか見えないのだ。しかも妖艶な美女タイプ。

『三年前に夫が亡くなってから、寂しかったのよねぇ。社交は面倒だから夜会には一切出ないけれど、それでもよろしいかしら？』

『は、はい』

そのほうが都合がいい。

『婿入りだから、もちろん生活費はアタクシが面倒みるわ。アタクシが死んだあとは、残った財産で好きに暮らせばいいわ』

本人の知らぬうちにとんとん拍子にまとまった縁談は、この会話がなされた五日後に実現する。

エリーゼが予言した通り、麗しくも妖艶な美女がにこりとオズワルドの前で微笑めば、彼の落胆や後悔や失意などはあっという間に消え去って、その日のうちに婚姻届が提出されたのであった。

オズワルド十九歳、ジャニス五十八歳。三十九歳の年の差婚である。


エリーゼとルネスは、そこまで話を続けたあと、どちらともなく黙りこんで互いの顔を見つめ合い、それからぷっと吹き出した。

「よその夫婦の話はやめましょう」

「ええ。結婚式の日にする話ではないわね」

くすくす笑うエリーゼは、姿勢を正して隣に座る花婿を見上げる。

「では花婿さま。私のウエディングドレスの感想をお聞かせくださいな。いかがでしたかしら？」

「……大変よくお似合いでした。全身が俺の色に包まれた姿が美しすぎて、今も胸が苦しいほどです。眩いほどに美しく麗しく、そんなあなたを妻として迎えられることは、まさに望外の喜びです。本音を言えば、ほかの男の目に晒すのが口惜しく、このまますべての段取りを無視して……」

「ちょ、ちょっと、ルネス。そのくらいでやめて。もう褒めすぎよ。恥ずかしいじゃない」

ちょっと調子に乗ってみたら、とんでもない返しが来てしまい、エリーゼはあっという間に余裕

をなくして真っ赤になる。

だがルネスは至って真面目な顔で、ただし赤面しながら言い返す。

「まだまだ全然言い足りませんが」

「おかしいわ。最初の乾杯でもう酔っ払っちゃったのかしら。ルネスはお酒に強いはずよ」

「酔ってはいませんが、浮かれている自覚はあります。だって仕方ないでしょう？　ようやくあなたを手に入れられたのですから」

そう言って、ルネスは赤くした目元を緩ませ、エリーゼの顔を覗きこむ。

たったそれだけで、エリーゼの心はドキドキとうるさく音を立ててしまうから困ったものだ。

エリーゼは、ちら、と壁にかけられた時計に目をやる。

今日はこれで何度目の確認になるだろう。

結婚式を終え、神官の前で永遠の愛を誓ったふたりは、もうれっきとした夫婦である。――書類上は。

本当の意味で夫婦になる時間はこれから。

そう、これから。

あと半刻ほどしたら、まずはエリーゼが宴から抜け、それからまた少し経ってルネスが抜ける。

そして、夫婦となったばかりのふたりは初夜を迎え、心も体も結ばれる。

宴会場の招待客は、主役たちが抜けたあとも夜遅くまで楽しく過ごし、本日夫婦となったふたりの門出を祝い続ける。

（あと半刻……）

先ほどはオズワルドの結婚話でいい感じに気が逸れていたが、思考が再びこれから迎える初夜へ戻ってしまう。

いや、戻るどころか、時間が迫っているぶん、緊張は増していくばかりだ。

「あ」

「ひゃ！」

隣でルネスが小さく声を上げ、それに勝手に驚いたエリーゼが妙な声を出してしまった。

「ひゃ、とはまた興味深い言葉ですね。それは、初夜を前にした花嫁の緊張でしょうか。それとも、私が近寄ったせいなのでしょうか」

いつもの隙のない笑みを浮かべてエリーゼたちのいる席に近づいたのは、ケヴィン。

「ケ、ケヴィンさま。そんな、ケヴィンさまを見て変な声を上げたなんて、そんなことは……」

「それならよかったです。お祝いを言いに伺ったのに、妙な声を上げられるほど嫌われていたとなっては、私としても悲しくてたまりません」

ケヴィンは、花嫁花婿の前でグラスを高く掲げる仕草をしたあとにグラスを呷《あお》る。

「あなたたちおふたりのこれからに、幸《さち》の多からんことを」

「ありがとう、ケヴィン」

祝福の言葉をありがたく受け取ったルネスは、少し逡巡したあとに言葉を継いだ。

「……その、あの件は残念だったな。せっかく君が配慮したというのに」

あの件とはなんだろうか、ルネスの言葉に、エリーゼがきょとんと目を丸くする。

だが、ケヴィンにはすぐに伝わったようで、ああ、とうなずいた。

「……アリウスさまからお聞きに？　まあ、よいのですよ。彼が決めたことですから、どんな結果になったとしても本望でしょう」

それだけ言うと、ケヴィンはエリーゼに再び礼を取ってから下がっていった。

「ルネス？　あの件ってなんのこと？」

「ああ、彼のことですよ。ラウロ・カリス。今はただのラウロですが」

ルネスが説明したのは、カリス公爵家――いや、今は侯爵家から庶子を騙《かた》った詐欺師として訴えられたラウロのその後のこと。

身分詐称については証拠不十分でお咎めなしとなったが、侯爵令息《オズワルド》を宿の一室に軟禁した罪、そして公爵令嬢に媚薬を盛り、暴行を企てた罪は確定となった。

ただし、こちらは処罰内容がアリウスに一任された。

アリウスはケヴィンにラウロを任せ、クルルス家の産業である養蚕および絹織物業のそれぞれの工程の中で、肉体労働として最も厳しい部署に就かせるようにと言った。もちろん無賃で。

丸投げに近い形でラウロを預かったケヴィンであるが、とりあえずいくつかの作業工程に彼を組み入れてみた。最も厳しい部署と言っても、何を厳しいと思うかは個人差があるからだ。

虫が嫌いなら蚕の餌やりだってキツく思えるし、暑く体力のいる作業を嫌がるなら、蚕から糸を取る作業がそれになるだろう。

真面目なケヴィンは、それぞれの工程に二週間ずつラウロを置いていく。

だが、根性なしで考えなしのラウロは、三か月で脱走した。

熱湯の大鍋で蛹を茹でて糸を取る工程に配属されて二日目のことだった。

「まあ……それでラウロさま、じゃなくて、ラウロさんはどちらに行かれたのでしょう」

「それが……」

ルネスの説明によると、カリス侯爵家の新たな当主、ラウロの一番上の兄だった人物が、情報を売ったラウロを処分しようと、作業場周辺に見張りを置いていたらしい。

逃げ出したところを、その見張りにあっさり捕まったラウロは、そのままカリス侯爵家に連れていかれ――

「その先は聞かないほうがいいかもしれません」

「わかったわ」

ルネスを信頼しているエリーゼは、その言葉を素直に受け入れた。

ただ、とエリーゼは思う。

逃げて捕まるところまで、父の想定内だったのではないか、と。

きっと、重労働だとしても反省して頑張って働いている限りは、最低限の衣食住は保証された。

だが、ラウロは逃げることを選んだ。

つまり反省していなかった。だから――

などと推察していたのは、きっと花婿には丸わかりだったようだ。

ルネスの麗しい顔《かんばせ》がそっと近づいて、エリーゼの耳元でささやいた。

「エリーゼ、そろそろ俺のことだけを考えてくれませんか？　もうすぐ退室する時間なのに、ほかの男のことで頭をいっぱいにしているなんてひどいです」

「っ！」

「夫婦の寝室では、俺のことしか考えられなくしてあげますからね」

パッと耳を押さえて花婿を見上げたエリーゼの顔は真っ赤である。

もう、と怒る花嫁を愛しげな眼差しで見つめる花婿は、きっと今夜は朝まで新妻を寝かさないことだろう。

もし、とエリーゼは思う。

もしあの日、夜会で思いがけず聞いてしまったオズワルドの言葉に傷つき、馬車の中、窓に映る地味な姿を嘆いていた私に会えるなら。

我慢することに慣れきっていた私に教えてあげたい。

あなたはこれから、自分ばかりを大切にする傲慢《ごうまん》な男に見切りをつけて、あなただけを見て、あなただけを愛してくれる優しくて素敵な人と結婚するのよ、と。

あなたの愛など要りません
1~2
原作：冬馬亮
漫画：新玉らん
大好評発売中!!
「どうぞ愛する人の所へお戻りください 私のことはお構いなく」
形ばかりの正妻と知りながら、憧れの王国騎士団長・ヘンドリックと結婚したラシェル。愛のない結婚生活に精神を蝕まれるラシェルだったが、ようやく授かった息子・ランスロットが心の支えとなっていた。しかし、ある事件をきっかけに彼女は命を落としてしまう。
目を覚ますと結婚式の日に時間が巻き戻っていて――!?
アルファポリスWebサイトにて好評連載中！
あなたの愛など要りません
愛する息子のため夫と決別し、私は私で生きていく
Regina COMICS
無料で読み放題
今すぐアクセス！
レジーナWebマンガ
B6判 各定価：770円（10%税込）

新＊感＊覚ファンタジー！

Regina レジーナブックス

マンガ世界の悪辣継母キャラに転生!?

継母の心得 1~6

トール
イラスト：ノズ

病気でこの世を去ることになった山崎美咲。ところが目を覚ますと、生前読んでいたマンガの世界に転生していた。しかも、幼少期の主人公を虐待する悪辣な継母キャラとして……。とにかく虐めないようにしようと決意して対面した継子は――めちゃくちゃ可愛いんですけどー!!　ついつい前世の知識を駆使して子育てに奮闘しているうちに、超絶冷たかった旦那様の態度も変わってきて……

詳しくは公式サイトにてご確認ください。

https://regina.alphapolis.co.jp/

この作品に対する皆様のご意見・ご感想をお待ちしております。

おハガキ・お手紙は以下の宛先にお送りください。

【宛先】

〒150-6019 東京都渋谷区恵比寿4-20-3 恵比寿ｶﾞｰﾃﾞﾝﾌﾟﾚｲｽﾀﾜｰ 19F
（株）アルファポリス　書籍感想係

メールフォームでのご意見・ご感想は右のＱＲコードから、
あるいは以下のワードで検索をかけてください。

アルファポリス　書籍の感想　検索

ご感想はこちらから

本書は、Webサイト「アルファポリス」(https://www.alphapolis.co.jp/) に掲載されていたものを、改稿・加筆のうえ書籍化したものです。

もう無理《むり》して私《わたし》に笑《わら》いかけなくてもいいですよ？

冬馬 亮（とうま りょう）

2025年　4月　5日初版発行

編集－境田 陽・森 順子
編集長－倉持真理
発行者－梶本雄介
発行所－株式会社アルファポリス
〒150-6019 東京都渋谷区恵比寿4-20-3 恵比寿ｶﾞｰﾃﾞﾝﾌﾟﾚｲｽﾀﾜｰ19F
TEL 03-6277-1601（営業）　03-6277-1602（編集）
URL https://www.alphapolis.co.jp/
発売元－株式会社星雲社（共同出版社・流通責任出版社）
〒112-0005 東京都文京区水道1-3-30
TEL 03-3868-3275
装丁・本文イラスト－晴
装丁デザイン－AFTERGLOW
（レーベルフォーマットデザイン－ansyyqdesign）
印刷－中央精版印刷株式会社

価格はカバーに表示されてあります。

落丁乱丁の場合はアルファポリスまでご連絡ください。

送料は小社負担でお取り替えします。


ISBN978-4-434-35509-7 C0093